ジャンプして、雪をつかめ！

おおぎやなぎちか 作
くまおり純 絵

新日本出版社

ジャンプして、雪をつかめ！／目次

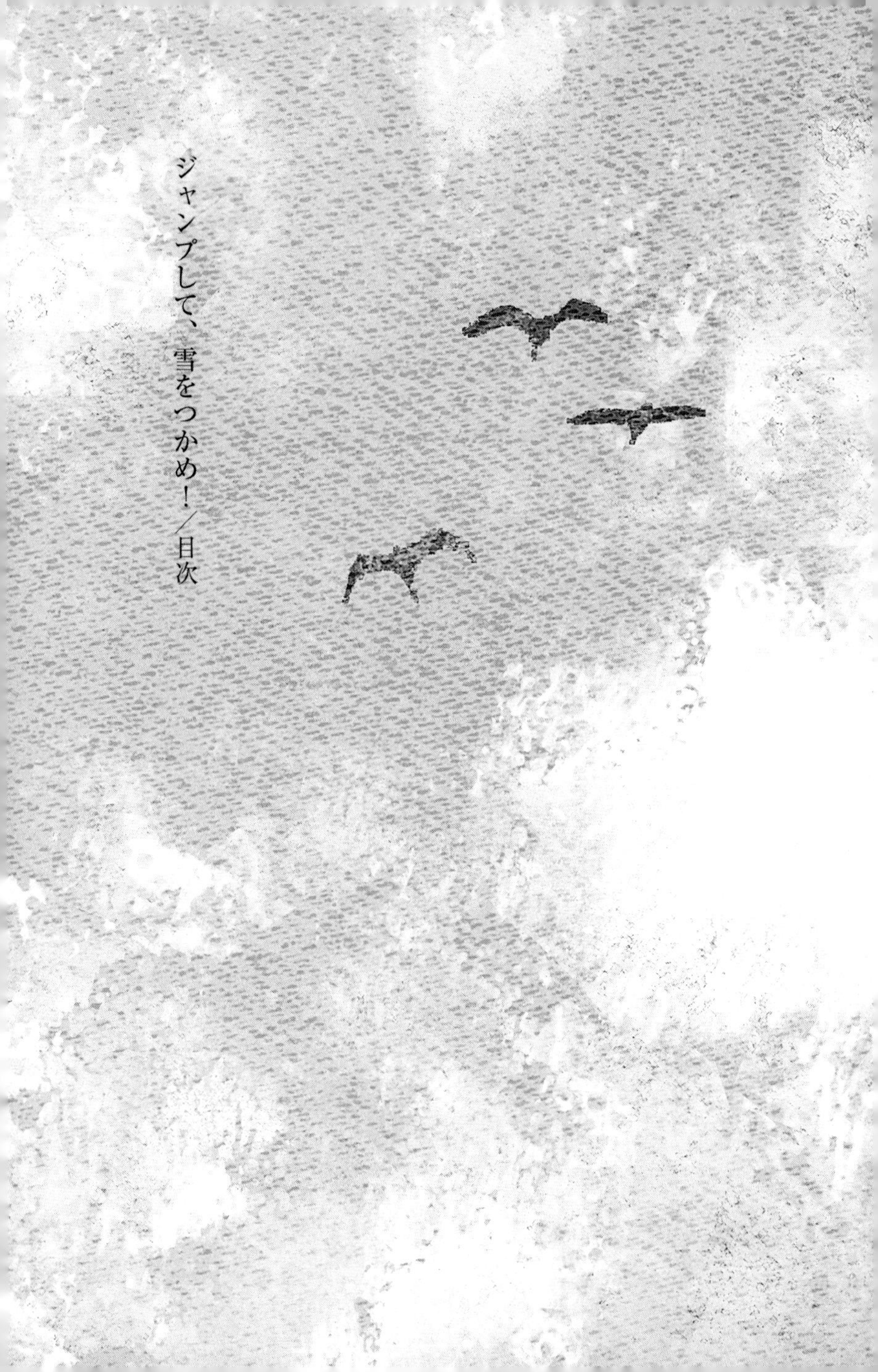

ここは、北の小さな町。

——まるで降《ふ》ってくる雪がすべての音を吸《す》い取っているかのように、静かだ。山も町も、体も心も、すべてが冷たい雪にうもれてしまいそうだ。

一　雪の町

「ああー、しまった」

ママの叫《さけ》び声が聞こえた。

起きてすぐトイレに行っていたぼくは、あわてて「なに？」と、キッチンへ走った。

「夜寝《ね》る前に水を抜《ぬ》いておかないといけないいんだった」

水道管の水が凍《こお》っていたのだった。

気温が氷点下になると、水は凍る。水は凍ると膨張《ぼうちょう》するから、へたをすると水道管が破裂《はれつ》してしまうこともあるのだという。やばっ。まだ顔を洗《あら》ってない。水も飲めないってこと？

「どうしても出なかったら、水道局に来てもらわな……」

出た！

ママが、やかんに残っていた水をわかして蛇口《じゃぐち》にかけ、湯気のたった蛇口から水が勢《いきお》いよく出た。はあー。

東京から青森《あおもり》へ引っ越《こ》してきて、すぐにいろいろと買い物をした。完全防水《ぼうすい》で底がスパイクのようなスニーカー。裏起毛《うらきもう》のトレーナー。厚手《あつで》の靴下《くつした》。でかい石油ストーブと電気毛布《もうふ》。ホットカーペット。雪かき用のスコップ。北国で暮《く》らすためのアイテムの数々だ。

それで、うちの貯金《ちょきん》はすっからかん。

しかも、こうして水道が凍《こお》るという予期せぬアクシデントが、ぼくとママにおそいかかる。

最近の家やマンションは、二重サッシで暖《あたた》かく、水道管も凍結防止対策《とうけつぼうしたいさく》がしっかりしていて、こんなことはないらしい。でも、うちは……。

雪は容赦《ようしゃ》なく降《ふ》りつづき、寒さでかたまった体と気持ちは、一日中つづく。

五年生の三学期の転校なんて、サイアクだ。

ママが気休めのようにならべた言葉が、よみがえる。

——子どもは大人と違《ちが》って、すぐに友だちになれる。

幼稚園児《ようちえんじ》じゃあるまいし。

――おばあちゃんがそばに住んでるから、いろいろ助けてくれる。歩いて行ける距離《きょり》じゃない。それに、引っ越《こ》しの片《かた》づけをしてる途中《とちゅう》で、腰《こし》が痛《いた》いって帰っちゃったじゃないか。おばあちゃんと同居しているママのお兄さん、おじさんが、その日は手伝ってくれたけど。

――いとこの雅俊《まさとし》君もいるし。

中学生が小学生の相手なんかするもんか。

――田舎《いなか》の人たちは人情《にんじょう》が厚《あつ》い。

離婚《りこん》して、子どもを連れて帰ってきたって、陰《かげ》でこそこそいってんじゃないの？　すべて自分の思う通りじゃないと気がすまなくて、そのときの気分でいうことが違《ちが》うパパには、ぼくだってうんざりだった。ママもぼくも、殴《なぐ》る蹴《け》るをしないだけいいって、がまんしてたけど、離婚。だって、とうとうママに手をあげたからね。

ママは、ふるさとでもある青森のこの町で、仕事についた。小さな整形外科医院の受付だ。おばあちゃん経由《けいゆ》で、その仕事と住む家を決め、ばたばたと引っ越してきたんだ。仕事があって、ラッキー。そうじゃなきゃ、なんの資格《しかく》も持ってないママは、離婚の決意ができなかったかも。

結婚前《けっこんまえ》は、ブティックの店員だったらしい。結婚してからは、ネイルアートの勉強をして、ママ友にやってあげたりしてたけど、仕事にできるほどじゃないからね。


——このごろは暖冬《だんとう》つづきで、そんなに寒くはないはずよ。

これが？　さっきから震《ふる》えてるんだけど。

——田舎《いなか》は家賃《やちん》も安いから、ママの給料でもなんとかなるし。

家賃は安い。でも給料も安い。

おばあちゃんが見つけてきたのは、小屋に毛が生《は》えたみたいな家。畳《たたみ》の隙間《すきま》から冷たい風が吹《ふ》いてきて、その隙間にチラシを折ってはさむなんて、ぼっとん便所がまだ存在《そんざい》するなんて、思ってもいなかった。

そう……。ぼっとん便所。

ママも、これにはあぜんとしていた。聞いてたら、それだけは勘弁《かんべん》してってっていったと思う。でもおばあちゃんは、

「職場《しょくば》にも学校にも近くて、安いとこなんて他にはない」って。

もう平成《へいせい》でもない。令和《れいわ》だよ。それなのに、ここは……。田舎に引っ越《こ》しただけじゃな

く、昭和《しょうわ》にタイムスリップしたみたいだ。

——ストーブはどんどん性能《せいのう》がいいのができているし。

そのストーブ、さっきから灯油がもうないって、赤いランプが点滅《てんめつ》してるよ。

慣《な》れない雪道を歩いて、だれもいない家に帰ってストーブをつけたものの、灯油が切れていて、また寒い。

離婚《りこん》が決まったとたん、パパは優《やさ》しくなった。「唯志《ただし》、パパと東京にいてもいいんだよ」と、何度もいわれた。気に入らないことがあると、すぐに目をつりあげていたのがうそのようにおだやかな顔。まるで別人だった。東京に残ってたら、少なくとも学校生活だけは変わらなかったな……。

ダウンジャケットを着たままホットカーペットの上で縮《ちぢ》こまってると、そんな気持ちが頭をもたげる。

いけない、いけない。

（うしろを振《ふ》りかえるな）っと顔をあげるが、振りかえりたくもなる状況《じょうきょう》だ。

ずっと降《ふ》りつづいている雪。

なにもこんな寒いときに来なくても、春になってからにすればよかったのにって、おばさんが皮肉っぽくいってたけど、その通りだ。

——仕事が見つかったときに引っ越《こ》さなくちゃ、春に仕事がちょうどあるとは限《かぎ》らない。

そんなことはわかってるけどさ。

はあー。

家の中にいるのに、はく息が白い。外と同じくらい、室温が低いんだ。

この調子じゃ、ママが帰ってくる前に凍《こご》え死んでるかも。このままこのちっぽけな町で大きくなってもたかがしれてるし、それでもいいか。

ママは泣くだろうな。

パパは後悔《こうかい》するだろうな。ママに優《やさ》しくしていれば、子どもを死なさずにすんだだろうって。

おばあちゃんは、ショックで死んでしまうかも。それはやっぱりかわいそうだな。

いかん、いかん。

もっと楽しいことを考えなくちゃ。

楽しいこと……。ないなあ。

こっちのクラスは、三十五人。結構《けっこう》みんな塾《じゅく》に行ってるみたいで、授業《じゅぎょう》が終わるとさっさと帰る。離婚《りこん》ほやほやの母子家庭に塾《じゅく》に行く余裕《よゆう》なんてないし、もし塾に行ってないい子がいたとしても、この家に友だちはよべない。

授業《じゅぎょう》はもう五年生のまとめに入っていて、「一年間の思い出」なんて作文をいきなり書かされた。なにを書けっていうんだよ。前の学校の思い出？　両親の離婚のごたごた？

結局、一行も書かずに提出《ていしゅつ》した。先生は黙《だま》っていたけど、転校生だし、しかたがないな的表情《ひょうじょう》だった。

そうだ。給食がうまいって書けばよかったな。前の学校の給食はセンター方式で、給食の時間にはどれも冷めていてまずかったけど、こっちの学校は自校方式で、給食室からあったかいスープが運ばれてくる。

きょうのカレーは思いきっておかわりの列にならんだ。こんなことが、転校生には勇気がいることだと、初めて知った。

「おかわりは、半分だぞ」と、うしろにならんだやつ、名前はなんだったたっけ、そいつが叫《さけ》んだ。

カレーもぎょうざも本格的《ほんかくてき》だ。ママが働くようになって、夕飯がうんと手抜《てぬ》きになったぶん、そしてぎりぎりの生活の中、給食が充実《じゅうじつ》していてありがたい。でも、作文にそんなこと書いたら笑われるだろう。みんなは遠足や運動会のことを書いてるんだろうし。

東京には、「子ども食堂《しょくどう》」があった。たしか二〇〇円くらいで、食事ができるんだ。あれがこの町にあったら、ぼくは、真っ先に行っている。


ううう、それにしても寒い。

こらえきれずに、とうとう布団《ふとん》を引っぱりだした。ホットカーペットの上で布団をかぶって丸まっていれば、こたつの中にいるのと同じだ。

なんならこのまま寝《ね》てしまおうか。

そう思うより先に目を閉《と》じていたのだが、目覚ましのように、玄関《げんかん》のチャイムが鳴った。

時計をたしかめると、四時半。学校から帰ってきてまだ一時間もたってない。こんな雪の中をいったいだれだ？

「はい」

しかたなく玄関に行って、しかたなく返事をした。

「たあくん？　開けて。あたし、富岡《とみおか》。富岡多恵子《たえこ》」

たあくん？　富岡多恵子？

この町で、ぼくのことをたあくんと呼《よ》ぶ人にも、富岡多恵子《とみおかたえこ》という人にも、心当たりはない。

「あのう、だれですか？」

「あなたのおかあさんの友だちよ。いいから早く開けてよ」

ドンとドアをたたく音がした。乱暴《らんぼう》な人だ。

「母は、まだ帰ってないんで」

「そんなことわかってるわよ。あなたの様子を見にきたの」

「様子って……。特に変わったことはありませんから」

「あのね。用心するのはいいことだけど、開けてちょうだい」

猫《ねこ》なで声になった。ますますあやしい。

「電話をして。おかあさんにたしかめなさい。富岡多恵子って友だちがいるかどうか」

迷《まよ》った。ママが働いている医院に連絡《れんらく》を入れるのは、緊急《きんきゅう》のときだけといわれてたからだ。仕事中のママに、家に来た人のことをいちいちたしかめるなんて、できない。

断《ことわ》ろう。

いや、無視《むし》しておこう。返事をしないで部屋にもどった。「ちょっとお～」という声が聞こえた。

また布団《ふとん》にもぐりじっとしてると、スマホに着信が入った。

スマホは、緊急連絡用《きんきゆうれんらくよう》に解約《かいやく》しなかったけど、「料金高いから、どうしよう」といっていた。たぶん、解約すると思う。

「はい、あ、ママ。え？　そうなの？」

富岡多恵子《とみおかたえこ》さんは、自分のスマホからママが勤《つと》めている医院に電話をして、今の状況《じょうきょう》をうったえたのだった。ママの友だちだというのは本当だった。

玄関《げんかん》を開けると、どかんと大きな女の人が立っていた。ダウンを着ていることをさっ引いても、迫力《はくりょく》だ。

「すみません。あ」

その人のわきにぶらさがるみたいに、女の子がひとりいた。

「あのね、そんなに用心しなくても、ここの家にはお金がないってことくらい、町の人はみんな知っているから。この家に強盗《ごうとう》なんて入らないわ」

ずかずかと、入ってくる。

「ごめんなさい。お子さんもいっしょだったなんて、知らなくて」

「あ、この子。サナエっていうの。早い苗《なえ》って書くの。いい名前でしょ」

早苗《さなえ》ちゃんがぼくを見あげた。一年生なのだという。

「ちょっとお、なあに、この家。どうしてこんなに寒いわけ?」

富岡多恵子《とみおかたえこ》さんは、コートを脱《ぬ》ごうとしていた手を止めた。

「灯油がなくなって」

「はあ?」

「だから、灯油が」

「それはわかったわ。で、あんたのおかあさん、灯油がなくなりそうなのに、買ってなかったの?」

「はい、たぶん」

「買うお金なかったの?」

はっきりものをいう人だ。

「いいえ、まだあるはずです」

まだ……、たぶん。

「ふうん。としたら、この町の冬をなめてるわけか」

「え？」

「東京で十年も暮《く》らすと、あ、結婚前《けっこんまえ》からだからもっとね。とにかく、冬の厳《きび》しさを忘《わす》れてるようだわね」

「そうなんですか」

「そうじゃなくって、なんだっていうの。それであなたは？　布団《ふとん》をかぶってたってわけ？」

「はい」

「あきれた」

あきれたといいながら、富岡多恵子《とみおかたえこ》さんは早苗《さなえ》ちゃんに、「寒いから、そこのお布団に入らせてもらいなさい」とうながした。

それから、（たぶん）灯油屋さんに電話をして、どなっている。

「すぐに持ってこられないって？　こっちは凍《こご》え死にそうなのに？　もうお宅《たく》から買わないわよ。それでもいいの？　え、だから、ちょっと先にこっちにまわってくれたらいいのよ。一時間？　もういい。取りにいく」

ガチャンと受話器を置く。うっ。こういう乱暴《らんぼう》なのって、パパとママのけんかを思い出しちゃうんだよな。

「あのね、早川燃料《はやかわねんりよう》っていうのが、灯油を配達してくれるお店。スマホに番号を登録して。灯油のポリタンクはいくつあるの？　三つ？　そんなんだから、すぐになくなるんでしょ。とにかく、いつも一つは満タンになってるように注意して、なくなりそうになったらここに電話をして、配達してもらうの。いい？　おかあさんに任《まか》せてないで、あなたがやるのよ。

お金の心配はしなくていい。あの店は、ツケがきくから」

「ツケ？」

「その場でお金を払《はら》わなくていい。一月《ひとつき》分まとめて請求《せいきゆう》がくるの」

「はい」

「大きな備《そな》え付けのタンクにしなきゃね」

「はあ」

「さ、行きましょ」

「え？」

「灯油を買いにいくの。一時間寒い部屋で待ってるより、車で買いにいった方がいいでしよ」

「ぼくもですか?」

「あなたもよ。車の中は暖《あたた》かいわ」

車の中で、富岡多恵子《とみおかたえこ》さんがママの高校のときのクラスメートだと聞いた。風邪《かぜ》をひいていて、引っ越《こ》しの手伝いはできなかったけど、ようやくよくなって、様子を見にきたのだという。

どこの家にも、壁《かべ》の外に大きなタンクが置かれている。さっきこの人がいってたのは、このことだろう。

「あのタンクって、灯油が入ってるんですか?」

「そうよ。あんたんちみたいな十八リットルのポリタンクじゃ、しょっちゅう灯油屋に来てもらわないときょうみたいなことになるでしょ。あれにたっぷり入れておいてもらって、定期的に補充《ほじゅう》するの」

この町で暮《く》らすためのアイテムの一つだ。

早川燃料店《はやかわねんりょうてん》に着くと、富岡多恵子さんは、車からポリタンクを二つ出した。ぼくは残った一つを持ってあとをついていった。

空っぽだったポリタンクは、灯油が入るとずっしり重くなり、店から駐車場《ちゅうしゃじょう》まで、台車を借りてぼくが運んだ。働いてるという感じで、少しうれしい。

富岡多恵子《とみおかたえこ》さんが、ツケではなく、現金《げんきん》で支払《しはら》ってくれた。

「遅《おそ》くなったけど、引っ越《こ》し祝い。大きいタンクも手配しとくね」

ピースサインをこっちにむける。ピースする場面かな。

「灯油の入れ方、わかる？」

「はい」

「火事だけは出さないでね」

「はい」

家に帰って、ようやくストーブがついた。富岡多恵子さんは、帰るとちゅうでスーパーにより、買い物もしていた。それはうちのためのものだったらしい。

ぼくと早苗《さなえ》ちゃんに、ココアを入れてくれた。豚汁《とんじる》も作っている。

「ありがとうございます。いろいろ」

「いいのよ。うちのチビの相手してくれる？」

「はい」

はいといったものの、一年生の女の子となにをして遊べばいいのか。

「おにいちゃん、お絵描《えか》きしよ」

初めて会ったぼくに警戒心《けいかいしん》を持つことなく、見あげてくる。

前の学校で使っていたスケッチブックを出した。

「クレヨンは？」

「ないよ。サインペンならある」

早苗《さなえ》ちゃんは、いかにも女の子が描きそうな、お目めパッチリの髪《かみ》の長いお姫様《ひめさま》を描く。

「お兄ちゃんも、なにか描いて」

「うん」

絵は苦手だ。ぼくは白いままの画用紙を前に、ちょいちょいっと手を動かして、

「描いた」といった。

「描いてないよ」

「描いてるよ。見えないの？」

「見えない」

「これはさ、雪の中のゆきだるま」

「えー」

早苗《さなえ》ちゃんは口をとがらせて、白い画用紙を見つめていた。

「それから、雪の中の白鳥」

「ずるい」

「ずるくなんかない」

「だって、ゆきだるまだって、目は黒いよ。白鳥だって、脚《あし》は黒いよ」

「そうか。じゃあ」

白い画用紙に、黒い丸を二つと、二本の脚。

「ほら、これでいいだろ」

「うーん」

「あ、それからここにはぼくと早苗ちゃんもいるんだけど、雪がいっぱい降《ふ》ってて見えないの」

「もうっ」

笑いころげていると、早苗ちゃんは立ちあがってコートを着始めた。

「どうしたの？」

「お外で遊ぶ」

「え？」

窓《まど》の外では、さっきまで降《ふ》っていた雪がやんでいる。

「ゆきだるま、作る。お兄ちゃんも作ろ」

外で遊ぶのもいいかなという気持ちになった。ダウンを着て、早苗《さなえ》ちゃんを追いかける。

ゆきだるまの作り方なら、知ってる。何年か前、東京でも雪が降り、ママが喜《よろこ》んで、少しの雪をかき集めるようにしてゆきだるまを作った。ぼくが早苗ちゃんくらいのときだったかもしれない。あのときのゆきだるまは、何回か雪の玉をころがしているうちに、地面がはがれるみたいに土がついてきて、お世辞《せじ》にもきれいとはいえなかった。しかもできたのは、三十センチ程度《ていど》のちっこいやつ。

「よーし、でかいのを作るぞ」

「うんっ」

てのひらで作った小さい雪の玉は、ころがしても、ころがしても、雪はまだまだたくさんある。どんどん、どんどん大きくなる。

「すごーい。大きい」

「よし、もうひとつだ」

重ねたら、ぼくより大きくなりそうな雪の玉が二つできた。ところが……。

大きい雪の玉は、ぼくの力なんかじゃあ、持ちあがらない。早苗《さなえ》ちゃんといっしょだって無理だ。

「どーする?」

早苗ちゃんが、ぼくの顔をのぞきこむ。

「うーん、どうしようか」

「ママをよんでこようか」

「いいよ」

こんなことで大人の助けを求めたくない。

「でもこれじゃ、ゆきだるま、寝《ね》ちゃったままだよ」

「うん。このゆきだるまは、寝てるんだよ」

「えぇー」

「そういうゆきだるまがあってもいいだろ」

「うーん」

たのむよ、早苗《さなえ》ちゃん。

「いいよ」

早苗ちゃんは、近くから細い木の枝《えだ》を二本折ってきた。

ゆきだるまの顔に、その枝をならべる。

目をつぶっているゆきだるまだ。

「ゆきだるまは、お布団《ふとん》いらないね」

「いらない、いらない」

富岡多恵子《とみおかたえこ》さんが、外に出てきた。

「あらあら。大きくしすぎちゃったね」

「はい」

「これじゃあ、あたしでも無理だわ」

「大変なんですね。ゆきだるまって」

「そ。だから、ひとりで作るときは、頭はころがさないで、がしがしっと雪をくっつけていくの」

「あ、そうか」

「それでなきゃ」

「それでなきゃ？」

「おおぜいで作るか」

おおぜい……。まあ、そうなんだろうが。

ぼくと早苗《さなえ》ちゃんが作ったゆきだるまは、家の前で眠《ねむ》っている。

「それじゃ、あたしはこれで帰るね」

「はい。きょうは本当にありがとうございました」

「うん。テーブルに、あたしのスマホの番号置いておいたから、なにかあったら電話して」

「はい」

ぼくのスマホは解約《かいやく》するかもしれないけどね。

家電《いえでん》はひいていない。節約しなきゃならないからだ。

でも、そんなことを、この人にいいたくなかった。

「ジャンパーや手袋《てぶくろ》は、ストーブの前に新聞紙をしいて、乾《かわ》かすのよ。スニーカーも。

でないとあした学校に行くときこまるわよ」

「はい」

富岡多恵子《とみおかたえこ》さんと早苗《さなえ》ちゃんは、ぼくと寝《ね》ているゆきだるまを残して帰っていった。ぼくはふたりを見送ったあと、部屋にもどって、窓《まど》からゆきだるまを見つめた。

雪の上のゆきだるま。

同じ白い雪の上にあるのに、ちゃんと見える。

ぼくは、さっきの紙に、サインペンでゆきだるまの形を描《か》いた。

違《ちが》う。

これじゃあ、白い雪に黒い針金《はりがね》の丸が二つあるだけだ。

また窓の外を見る。

すると、外を歩いている子どもが、ゆきだるまを見つけて立ちどまっていた。

あれ、クラスのやつらだ。しまった、笑ってる。

持ちあげてる？

ぼくは、あわてて外へ飛びだした。

「あれ？　ここ、お前んちなの？」

キョトンとしてぼくを見ているのは、カレーの列でうしろにいた……。ええっと名前はなんだったっけ。

「これ、お前が作ったの？」

そういったのは、佐々木《ささき》だ。いつも寝癖《ねぐせ》のついた髪《かみ》の毛をしている。ゆきだるまをじっと点検《てんけん》するように見てるのは、たしか松田《まつだ》だ。

「そうなんだけど、持ちあがらなくって」

「よし、いくぞ」

名前を思い出せずにいるやつが、号令をかけた。塾《じゅく》の帰りだったらしく、三人とも同じかばんを背負《せお》っていた。それを、雪の上に放り投げ、

「せーの」と、持ちあげようとする。

ぼくもあわてて手を出した。ゆきだるまの頭は、八つの手で、簡単《かんたん》に体の上にのった。

「この目」

佐々木が笑う。

「こいつ、さっきまで寝《ね》てたから」

松田が雪のない、近所の家の軒下《のきした》から石ころをさがしてきて、目にした。早苗《さなえ》ちゃんが

つけた枝《えだ》は、まゆ毛になった。

「ゆきだるまなんて、久《ひさ》しぶりだ」

今だに名前を思いだせないやつが、横で、別のゆきだるまを作りだした。

ぼくももちろん加わって、ひとり一つの大きな雪の玉が、四つ。

さっきのよりもっと大きいゆきだるまが二つ、完成だ。と思ったら、松田《まつだ》が雪つぶてを投げてきた。

「よし、二対二だ」

佐々木《ささき》が叫《さけ》び、あっというまに雪合戦になる。

走りまわって、雪野原になだれこむ。

「痛《い》ってえ！」

雪つぶてが腕《うで》にあたってくだけた。めちゃくちゃ痛《いた》かった。中に石でも入っていたんじゃないかと思うほどだ。

ようし。

ぼくも、逃《に》げながら、思いきりかたい雪つぶてを作った。

「八重樫《やえがし》だ」

追いかけてくるそいつに、思いきり投げつける。

「うわっ」

そうだ、八重樫《やえがし》だ。八重樫順平《じゅんぺい》。突然《とつぜん》そいつの名前を思い出した。

「八重樫」

「なんだ?」

「あ、いや……」

名前を思い出して、呼《よ》んだものの、いいたいことがあるわけじゃあない。けげんそうな顔で見つめられる。

「あ、あのさ。豚汁《とんじる》があるんだ。手袋《てぶくろ》もうちでかわかしたら?」

思わずいっていた。八重樫と他のふたりが顔を見あわせる。

「いいね」

三人の上気した顔が、ぼくを見る。

うちに友だちなんて、よべないって、思ってたのに。

うっかり口をついて出ていた。

友だちになった？　いや、まだだ。

転校生の道はけわしい。

雪が解《と》けるころ、ぼくはどうしているだろうか。先頭にたって、雪道を、ぼろい家にむかう。

わあ、お前んち、ぼろだな。っていわれないかな。

それに……。

いろんなことが、不安だ。

どんよりとした空を、白鳥が飛んでいく。下から見あげる白鳥は白ではなく、灰色《はいいろ》だった。

2　雪下ろし

いよいよ雪は、すさまじい。

学校から帰り、ひとりでうちでじっとしている。

ドカンッ。

すさまじい音と震動《しんどう》に、肩《かた》がびくんと動く。

屋根から雪が落ちたんだ。

きっとキッチンの上にあった雪だ。このうちには洗面所《せんめんじょ》がないので、キッチンのシンクで顔を洗《あら》わなくてはならない。今朝も古いタイプの瞬間湯沸し器《しゅんかんゆわかき》からお湯を出して洗ったあと顔をあげると、窓《まど》の外に屋根からずり落ちそうな雪の塊《かたまり》が目に入った。雪の塊からは、鋭《するど》い氷柱《つらら》が何本もこっちを指すように伸《の》びている。

ストーブでうちの中があったまってくると、屋根に熱が伝わり、積もっていた雪がじわっと解《と》けるのだ。ゆるい屋根の傾斜《けいしゃ》と雪の重みはかろうじてバランスを保《たも》ちつつ、少しずつずり落ちてくる。雪の気持ちになれば、落ちないように踏《ふ》んばっていたのがとうとうがまんができなくなる瞬間《しゅんかん》、それがさっき。

ここで暮《く》らしはじめて一か月経《た》つが、雪の落ちる音と震動《しんどう》には、毎回びくついてしまう。いいかげんなれろよと思うが。

次は、こっちかなぁ。

茶の間の掃《は》きだし窓《まど》に、今朝のキッチンと同じ状態《じょうたい》の雪がある。まてよ、落ちる前に落としたらいいじゃないか。

つついて落とそうと思い、雪かきスコップを玄関《げんかん》から家の中に持ってきた。ところが、窓が開かない。

凍《こお》りついているのだった。

玄関にもどって、スノトレをはいて、外へ出た。つくづくまわりは雪だらけだ。朝、ママが人ひとり通る分だけ雪かきしている。その一筋《ひとすじ》の道が車道と家をかろうじてつないでいた。道のついていない北側は、一メートルの雪の山。それをぐるりと一まわりし、南側のずり落ちそうな雪をしばし見つめる。

南側は、以前順平《じゅんぺい》たちとゆきだるまを作った空き地だ。ゆきだるまは、数日そこに立っていたが、ある日、だれかに壊《こわ》されていた。

ずぶずぶと、雪に入る。膝《ひざ》のすぐ下まで埋《う》まる。

茶の間の屋根からずり落ちそうな雪からも、氷柱《つらら》は長く伸《の》びていた。五十センチはありそう。きのう学校の帰り、折った氷柱で「レッドムーン」「グリーンアース」と今テレビでやっている戦隊ヒーローの真似《まね》をしながら遊んでいるチビっこがいた。あのくらいのころにこの町にいたら、ぼくもきっとやってただろう。

そう思いながら、氷柱一本をスコップでつついた。なるべく根元をと思ったけれど、半分くらいでバサッと落ちた。下の雪につきささったそいつを抜《ぬ》く。先は無惨《むざん》に折れていた。

これじゃあ、戦っても勝ち目はない。

もう一本をつつく。下に落ちる寸前《すんぜん》に手でつかまえようかと思ったのだが、そうはいかなかった。ぐさりと落ちただけでなく、隣《となり》の氷柱までいっしょに落ちてきた。やっぱり先は折れていた。

先の折れた氷の剣《けん》を、フェンシングのように構《かま》えてみる。

電信柱を切りつける。剣はもろくも、真っ二つだ。

折れた剣《けん》を、やり投げのように放る。ずぼっと地面の雪につきささった。

なにやってんだ、ぼく。

屋根の雪を落とすんだろ。

屋根が飛びだしたようになっている雪を、スコップでつついた。つついて、すぐによける。そこに雪が落ちてくる。スコップの届《とど》くところをそうやって落としてまわった。

ちょっと離《はな》れて家をながめる。

雪が落ちているのは、まわり三十センチだけ。屋根の上には、まだたっぷりの雪がある。

まわりの家を見ると、きれいに雪が落ちているのとそうでないのがある。家の前もきれいに除雪《じょせつ》されているところと、そうじゃないところと二通りだ。

すーっと雪が落ちてきた。

この一片《いっぺん》が集まって、これだけのどか雪になるんだから、自然ってすごい。

雪が多いせいか、歩いている人はあまり見ない。この辺では一家に一台ではなく大人ひとりに一台車があるのがふつう。買い物も病院通いも、用事はほとんど車ですますようだ。

そんな中、歩いてくる三つの姿《すがた》があった。

そうだった、この曜日、この時間。

八重樫順平《やえがしじゅんぺい》。佐々木有《ささききゆう》。松田大介《まつだだいすけ》の三人だ。

彼《かれ》らとは、この前ゆきだるまをいっしょに作ってから、その後学校でも少し話すようになっていた。この先の塾《じゅく》へ、週に三日、月、水、金と通ってるのだという。ぼくだって東京では塾通いをしてたけど、今はその余裕《よゆう》もなく、時間を持てあましている。

ひとりが手をあげながら、だんだん近づいてくる。

「うちに来る？」

来てほしいわけではないが、ついいっていた。

「いい？」

有が、無邪気《むじゃき》に目を見開いた。

「ちょっとだけ待ってて」

玄関《げんかん》前で待っててもらい、リビングの洗濯《せんたく》ものを奥《おく》の部屋にどけた。ストーブの前に折りたたみの物干《ものほ》しを置いて、洗濯ものは、ほとんど一日中そこにさげている。ぼくのだけならいいけど、ママの下着もあるからだ。

キッチンには皿や茶碗《ちゃわん》がごちゃごちゃ。市政だよりやチラシが床《ゆか》にあるし、テレビにはほこりがたまっている。

「おっじゃましまーす」

順平《じゅんぺい》たちは、うちの事情《じじょう》をすっかり飲みこみ、この時間、ぼくの他はだれもいないことを知っている。思う存分《ぞんぶん》、ゲームができる。

来てくれてうれしいのかどうなのか。

いっしょに遊びたいのかどうなのか。

ぼくはよくわかってない。

ゲームといっても、ぼくのじゃない。大介《だいすけ》は家でゲームを三十分しかさせてもらえないから、こうして家以外でできる場所がほしいらしい。

順平と大介は、最新式のゲームタブレットを持っている。

そのタブレットにゲームをダウンロードして、対戦もできる。

一時間、戦国武将伝《ぶしょうでん》というゲームをした。実際《じっさい》の歴史《れきし》では天下統一《とういつ》をしたのは織田信長《おだのぶなが》だが、ゲームでは伊達政宗《だてまさむね》だったりする。

ゲームの最中は、他のことを考えない。

だから、楽しい。のかもしれない。

ふたりずつ対戦して、残りのふたりはマンガを読む。ちょうどぼくと順平の対戦が終わり、他のふたりと交代した。

「雪、やばくない？」

順平《じゅんぺい》が、ふと外を見た。有《ゆう》と大介《だいすけ》は、もうゲームの世界に入りこんでいる。

「やばい？」

がっしりタイプの順平は、けっこうクラスで人気がある。委員長、ガキ大将《だいしょう》、ガリ勉、スポーツマン、どれでもなく、でも好かれている。そういうことが少しずつわかってきた。くせっ毛の頭をゆらしながらゲームをしている有は、頼《たよ》りないようだけど嫌《きら》われてはいない。大介は、太ってる。そして勉強ができる。大介がとちゅうのコンビニで買ってきたポテトチップスは、あっというまに空になっていた。ぼくも数枚《すうまい》は食べたけど。

窓《まど》の外では、彼《かれ》らがうちに来たころ降《ふ》りだした雪が、どんどん激《はげ》しくなっていた。

「うん、やばいね。帰り、だいじょうぶ？」

「あのな、やばいのはおれらじゃなくって、この家」

「え？」

「屋根の上に、大分、雪が乗っかってたろ。この勢いだときょうもあしたも降る。んで、積もる」

「うん」

「うちの学校、建《た》て替《か》えられて三年なんだ」

「新しいよね」

「おれらが二年生のときに新しい校舎《こうしゃ》になった。それまでは今の校庭に古ーい木造《もくぞう》校舎があったんだ」

「へえ」

木造校舎を想像《そうぞう》してみた。いかにも田舎《いなか》の学校で、屋根が赤いのは、どこかで見た写真の記憶《きおく》か。二宮金次郎《にのみやきんじろう》の像《ぞう》なんてあったりして。

「一年の冬、渡《わた》り廊下《ろうか》の屋根が落ちた」

「え？」

「雪の重みで。他にも古い家は、屋根から落ちた雪で出られなくなったとか、小屋がこわれるとか、マジでそういう話があるんだ」

「すげ」

「雪って、けっこう重いからな。こんなうち、ぺしゃんこになる」

……。

このうちが、古くてぼろいっていわれているようだ。っていうか、そのものだ。

「この数年は暖冬《だんとう》で、そんなに雪は降《ふ》らなかったけど、今年はすごい」

「そうなんだ」

「さっき、雪落としてただろ」

「見てた?」

まさか、氷柱《つらら》でかっこつけてたのも、見られてた?

「あんなんじゃ、あれよ」

「あれ?」

「猫《ねこ》にしょんべん」

「え……」

「カエルの面《つら》にしょんべん」

ゲームをしながら、大介《だいすけ》が訂正《ていせい》する。

「それそれ」

「焼け石に水」

たいした意味はないっていうか、役に立たないってこと。

「月夜の提灯《ちょうちん》」

ゲームの画面から目をそらすことなく、大介《だいすけ》が次々と似《に》た意味のことわざを口にする。

「スプーンで雪かき」

しめのことわざは、それだった。

「そんなんあるかよ」

ぼくも順平《じゅんぺい》ものけぞって笑った。

雪はそのまま降《ふ》りつづいていた。でも吹雪《ふぶき》の中を帰るなんて、やつらにはなんでもないらしい。時間になったら、さっさと帰っていった。

となりの部屋に隠《かく》していた洗濯物《せんたくもの》をまたストーブの前に持ってくる。ひとりになったぼくは、どんどん雪に閉《と》じこめられていくようだ。

ママの帰りが待ち遠しいなんて、こっぱずかしいったらない。

そして、帰ってきたママに、雪下ろしした方がいいんじゃないかなと、何度も口にしかけてやめた。雪道を歩いて帰ってきて、ママが疲《つか》れてるのはわかっていた。勤《つと》めている医院の休みは、木曜と日曜。たまった家事をして、体を休めて、それで精《せい》いっぱいだ。家の前から道路までの雪を朝どけるだけでも大変そうだ。

実は、順平《じゅんぺい》たちが帰ってから、屋根から落ちた雪をよけようと思った。でも、降《ふ》りしきる雪の中、スコップでそれをやるのは、大変だった。必死に雪をどかして、ジャンパーの中が汗《あせ》だくになって、雪まみれになって、くたくたになって家に入ったら、三十分もたっていなかった。

雪下ろしなんて、ママにできるはずない。

ぼくだって、無理。

おじさんにも頼《たの》みにくい。

じっと耐《た》えるしかない。って、耐えるのは家であって、ぼくじゃないけど。頼む、耐えてくれ。

朝起きてたら、雪でつぶれてたなんてことはさすがにないだろう……、いや、わからない。

なんとかつぶれることなく、日曜日になった。きょうは、ぼくが玄関《げんかん》から道路まで雪かきをした。

あちこちの家で、雪下ろしや雪かきをしている。

久《ひさ》しぶりの青空だった。

白い雪に日の光が反射《はんしゃ》して、まぶしい。目の前には、果てしない雪の荒野《こうや》がひろがっている。

振《ふ》りむくと、ぼくの家があった。

ちっぽけなおもちゃのような家だ。今にもぺしゃんこになりそう。


あの日、順平《じゅんぺい》が「トイレかして」といったときは、ぎょっとした。もどってきて、「この家、ぼっとん便所だぞ」というんじゃないかと、はらはらした。

でも順平は、「う〜、トイレさぶっ。冷凍庫《れいとうこ》みたいだぞ」といっただけだった。

「おしっこ、凍《こお》った?」

有《ゆう》が冗談《じょうだん》をいってくれて、笑っておわり。ほっとした。もしかしたら、順平のうちもぼっとんなのかなと思った。


あのトイレ。最初は真っ暗な穴《あな》をのぞきこんで、こわごわと用を足した。今でも、なれずにいる。

そして、そろそろ汲《く》み取りに来てもらわないと、やばい。でもママが、衛生社《えいせいしゃ》というところに電話したら、一か月後といわれ愕然《がくぜん》。それまでどうするの？　あの……、たまったものがどんどん高くなってきて、すぐそこまで来てるんですけど。

衛生社の人に、バケツで一度水を流してくださいといわれ、その通りにしたけど、とくに減《へ》った感じはない。だってこれ、大きな甕《かめ》みたいなのが埋《う》められていて、そこにぼくとママの排泄《はいせつ》したものが溜《た》まっているわけだから。逆《ぎゃく》にバケツ一杯分《いっぱいぶん》増《ふ》えただけでしょ。

そんなこと考えてたら、おしっこしたくなった。がまんは体によくない。でもあのトイレではなるべくしたくない。

上からは、雪で押《お》しつぶされそうで、下からは……、って、やめとこう。

ぼくは、家の裏《うら》にまわって立ちションをした。

軽犯罪《けいはんざい》だと聞いたことあるけど、しかたがない。なるべく家では、しないようにしないと。

おおー、さぶ。

ぶるるっと震《ふる》えて、帰ろうと思ったら、車が一台、うちの方に曲がってきた。

おじさんの車ではない。大型《おおがた》のワゴン車だった。黒い大きな塊《かたまり》が、こっちにむかってくる。

窓《まど》まで黒くて、中が見えない。

やがて車は、ぼくの前でとまった。助手席のドアが開いた。

「よっ」

出てきたのは、順平《じゅんぺい》だった。車から降《お》りて、ぼくとぼくのうしろの家を見る。

「やっぱり」

「やっぱりって」

「雪だよ」

一目で順平の親父《おやじ》さんだとわかる、順平をそのまま大きくしたような人が、運転席側から降りてきた。

「やあ」

「あ、こんにちは」

親父さんは、グワーと車のトランクを開ける。順平が駆《か》けよって、中から出したのは、はしごだった。

「雪下ろし助《すけ》っ人《と》参上」

順平《じゅんぺい》が、戦隊ヒーローの決めポーズをとる。

「え」

「このままにしておけないだろ。今うちをやってきたんだ。ついで、ついで」

ママが出てきた。

「まあ、すみません」

突然《とつぜん》現《あらわ》れた雪下ろし人に、目を丸くして頭を下げた。

「あら？　八重樫《やえがし》君？」

「よう、久《ひさ》しぶり」

八重樫君？　なに？　知りあい？　親父《おやじ》さんとママの様子に、順平も首をかしげた。

「黒田《くろだ》が帰ってきてるとは、聞いてたんだ。息子《むすこ》たちが同級生とは知らなかったけど」

「そう。八重樫くんの」

ママが順平を見つめる。そして、

「あのね、中学高校って、同総生だったのよ」とぼくたちに説明した。

「クラスは、同じだったり違《ちが》ったりだったけどな」

黒田というのは、おばあちゃんちの姓《せい》。ママの旧姓《きゅうせい》だ。ぼくが苗字《みょうじ》が変わるのはいやといったから、離婚《りこん》しても、榊原《さかきばら》の姓《せい》を名乗っている。

「助かるわ。ちょっとね、滅入《めい》っていたのよ」

ママがつぶやいた。滅入っていた？　そんなことぼくにはいわないのに。

「じゃ、やっちまうな」

順平《じゅんぺい》の親父《おやじ》さんは、はしごの他に大きなそりのようなものも持ってきていた。スノーダンプというのだそうだ。スコップもうちのより一まわりでかい。はしごもスノーダンプも、まだうちでは手に入れていないアイテムだ。

順平の親父さんが、屋根からすべり落ちそうな雪と氷柱《つらら》を、スコップでつついた。どさどさと氷柱のついた雪が落ちてくる。それから、そこの雪をどけて、はしごを屋根にかけた。

「気をつけて」

はしごを上る親父さんに、ママが声をかけた。

「気をつけて」

順平は、ママをまねて親父さんをからかった。むっとしたが、親切に来てくれてるんだからと、がまんした。

「ほら、下でちょろちょろしてると危《あぶ》ないぞ。お前らは、その雪をもっとどけろ」

親父《おやじ》さんが、大きな雪の塊《かたまり》を上から投げ下ろす。

「はい。順平《じゅんぺい》、これいい？」

「おうよ」

順平が持ってきたスノーダンプで、雪をよせる。

「おおーーー」

うちのスコップよりずっと効率《こうりつ》がいい。おもしろいように、家のまわりがすっきりしてきた。親父さんが屋根の上から雪を下ろし、それを運ぶ。

「さっき、うちでダイブしたんだ」

雪を運びながら、順平が自慢《じまん》げにいった。

「だいぶ？」

「ばーんって、屋根から下ろした雪の上にジャンプよ」

ダイビングか。

おもしろそうだ。

ママは、スコップで雪をよせながら、ときどきまぶしそうに屋根の上を見あげていた。

屋根の上の雪は、順平《じゅんぺい》の親父《おやじ》さんひとりで、あっという間になくなっていた。

「この雪の量じゃあ、ダイブは無理だぞ。けがする」

うちは小さくて、屋根の面積もたいしたことないからだ。

「ちょっと上がってみるのもダメですか」

屋根の上に叫《さけ》んだ。

「上がってみたいのか？」

上からも叫び声がくる。

「はい」

「唯志《ただし》、あぶない」

ママの顔は、けわしい。

「上がってみるだけなら、いいんじゃないの？」

順平がにやりとした。

「いいぞ」

順平の親父さんの声に、ぼくらは顔を見あわせた。

はしごにむかって走る。

先にはしごに着いたのは、順平《じゅんぺい》だった。雪の上を歩くのはだいぶなれたけど、走りはまだまだだ。順平がはしごを上った。

ぼくがはしごを支《ささ》えて、順平を見守る。

「うえっ、こえーな」

「え、だって、自分ちでやってきたんだろ」

「うちは、二階があるから。二階の窓《まど》から屋根に下りたの。はしごは初チャレンジでーす」

親父《おやじ》さんの手が、順平を引っぱりあげた。

ぼくは、はしごを支える手に力をこめた。ここで順平が体のバランスをくずして、はしごがこっちに倒《たお》れても、ぼくの力で支えきれるはずなんてないのに。

「次」

無事、屋根に上がった順平が、手招《てまね》きをした。

「唯志《ただし》、気をつけるのよ」

こんどは、ママがはしごを押《お》さえた。

「うん」

ママの顔を見る。それから、首を上げる。

雪のなくなった屋根、それから青い空。

階段《かいだん》を上るのが恐《こわ》くなくて、はしごが恐いはずはない。そう思ったものの、三段《さんだん》上っただけで、足がすくんだ。

「下、見ない方がいい」

順平《じゅんぺい》の声がした。はしごの先を押さえている。

ここで「やっぱりやめる」ってわけにはいかない。ぼくは、もうただ上だけを見て上っていった。

順平のときと同じように、親父《おやじ》さんがぼくの手を引っぱる。力強い。大人の男の手だ。

「ああ」

屋根の上に、雪がちらほらとまだ残っている。最初膝《ひざ》をついたまま少しいて、それから立ちあがった。

あたりは、一面雪だ。

遠くにうっすらと低い山脈《さんみゃく》が見える。スキー場のコースがわかる。

小屋の横の南天《なんてん》の実が、雪の中で、てんてんと赤い。

「雪ばっかりだな」

　順平《じゅんぺい》と順平の親父《おやじ》さんとならんで立つ。

「うん」

「これ、春になると解《と》けるんだよね」

「そりゃあ」

「こんなにあるのに、全部なくなるんだ」

「うん」

「雪って解けると水になるよな」

「あたりまえ」

「その水は、どこに行くの？」

「は？」

　順平にとってはあたりまえの冬景色だろう。でもぼくには、そうじゃない。これだけの雪が全部水になるって、すごいと思う。町が洪水《こうずい》になってもおかしくない。

　順平が、となりで吹《ふ》きだした。

「なにがおかしい」

「あのさ、地面は水を吸《す》いこむだろう。地下水は、そういう水？　かな。そんな水を吸って、木や草は生きてる。そういうもんだろ」

「ああ、そうか。雨だってそうだものな」

「それに、水は蒸発《じょうはつ》もする」

「うん。固体、液体《えきたい》、気体ってことね」

「ん、うん」

調子が狂《くる》うという顔をする。雪は固体で、解《と》けると液体になる。そして気体……って、理科はきらいだけど、地球なんだなあ。ちょっと感動。

「なんでだろう」

ふとあることに気づいた。

「なにが？」

「木のまわりってさ、ぐるっと幹《みき》をかこむみたいに、雪が少なくなってるだろう？」

「え？」

「ほら、あそこも」

となりの家との境《さかい》には、木がある。なんの木かわからないけど、葉っぱも実もついていない。その幹《みき》のまわりの雪だけが解《と》けたようになっているのだ。

「木は、まわりの雪をほんの少し解かす程度《ていど》に熱を持っているのさ」

おもしろそうに話を聞いていた順平《じゅんぺい》の親父《おやじ》さんが、そういって笑った。

「へえ」

ぼくと順平が、同時に感心した。順平はこの町で育って、毎年雪を見ているのに、気がつかなかったらしい。

「生きてるってことか、木も」

顔に似合《にあ》わないことをいい出した。

「お、順平。めずらしくいいことというじゃないか」

親父さんがからかった。

「お茶をいれますから、どうぞ」

ママが、下から叫《さけ》んだ。

「いや。すぐ帰るよ」

「すっきりしたわ。助かった」

屋根の上と下との会話が、つづく。そんな様子を、近所のおばさんらしき人が、立ちどまって見ていた。
はしごを下りるのは、上るときより恐《こわ》かった。

3 北村衛生社《きたむらえいせいしゃ》

翌朝《よくあさ》、教室に入ると、真っ先に順平《じゅんぺい》のところに行った。

「きのうはありがと。助かったよ」

まわりの連中が聞き耳を立てている。

順平は、「ああ」と小さく応えた。

それだけだった。

ちらっとぼくを見たのか、見ないのか。

きのうのあの人なつっこさが、全然ない。それどころか、その後《ご》もまるで、あえてさけてるという感じ。心ここにあらずだ。

二十分休みになり、有《ゆう》と大介《だいすけ》はいつも通り、順平のそばでたわむれている。ぼくは、いきなりまた転校生にもどったように、自分からその中に入っていけない。

三月三日は、卒業生を送る会だそうで、三時間目の音楽は、その練習だった。去年から練習しているという合唱の中で、ぼくは口パクをしていた。音楽の専科《せんか》の先生に「ちょっと歌ってみて」といわれ、歌ったときに、首をかしげられてしまったからだ。はい、はっきりいってオンチです。「一応《いちおう》男子の主旋律《しゅせんりつ》のパートにしましょうか」だって。「ハモリは無理ね」といいたかったのか、もっとはっきり「口だけ動かして」といいたかったのか。

四時間目の理科は、また一年間のまとめのプリント。

給食は、シチューだった。

うちでは今、白菜に豚《ぶた》バラ肉がちょっとだけの鍋《なべ》が一番多く、次は炒《いた》め物。とろんとしたシチューを見てると、心が和《なご》む。

シチューを食べて、パンをかじって、ふとななめうしろを見た。順平《じゅんぺい》は、パンしか食べてなかった。

「順平、めずらしいな。食欲《しょくよく》ないなんて」

有《ゆう》が順平を振《ふ》りかえった。順平は、「おめぇ、その髪《かみ》、なんとかしろよ。目ざわり」と返す。有の髪の毛は、いつもうしろがぐしゃぐしゃだ。

「ちゃんとかわかしてから寝《ね》ろ」

「かわかしてるって～」

「朝シャンしろよ」

「冗談《じょうだん》でしょ。こんな寒いときに洗面所《せんめんじょ》で髪洗《かみあら》うなんて」

じゃれるようなやりとりは、いつも通りだ。

順平《じゅんぺい》は、シチューをがばがばと食べて、ふとこっちを見た。ふいをつかれてぼくは、目をそらしてしまった。なんで？　と自分につっこみを入れる。

それからなぜだろう。

もう順平の方を見られなくなり、一度も話をしないままだった。きのうけっこう汗《あせ》をかいたから、かぜでもひいて調子がでないのか、とも思ったけど、心のどこかで（いや、違《ちが》う）とそれを否定《ひてい》する。

順平は、怒《おこ》っている。

なにか気に入らないことがあったんだ。

三人と話すようになって、帰りの方向が違うのが残念だと思っていた。校門までいっしょに出て、そこで三人と別れる。

有《ゆう》と大介《だいすけ》は、変わらず話しかけてくる。でも順平はやっぱりぼくを見ない。

「じゃ」と、手を上げたぼくに、有と大介は「またあとで」と返してくれたが、順平《じゅんぺい》はそのまま行ってしまった。またあとで……。きょうは月曜日だから、三人は塾《じゅく》の日だ。またあとでというのは、塾のあと、またおまえんちによるな、という意味。

順平は、どうするだろう。

車道は、除雪車《じょせつしゃ》が雪をどけている。まるで、もともと白い道だったように滑《なめ》らかだ。きれいだと思う。

ひとりでこうして雪道を歩くのが、好きになっていた。

学校から家までは二十分ほど。

きのうはどこの家も雪下ろしや雪かきをしていたから、さっぱりしている。ただ、ところどころ、おとといまでのうちのように、雪を乗せた屋根や、家の半分近くまで雪に埋《う》まっている家がある。

雪かきができる人がいないのかもしれない。年寄《としよ》りのひとり暮《ぐ》らしとか。ふたり暮らしとか。病気の人とか。

田舎《いなか》っていうのは、お醤油《しょうゆ》ないので貸《か》してください。あら、いいわよ。おたくそろそろ雪下ろししないとね。うちがついでにやってておくわ。みたいにとなり近所が助けあうイメージだけど、そうでもないのか。

遠目に家が見えてきた。ん？

家の横に、車が一台止まっている。ふつうの乗用車ではない。自然と足が速まって、一度ずっこけそうになり、近づいてもその車がなにかわからなかった。

緑色のタンクローリーのような、でも違《ちが》う。ゴミ清掃車《せいそうしゃ》のような、でも違う。

「あの……」

車から出ていた作業員さんが、顔を上げた。おじいさんに近いおじさんだ。

「この家の人だが？」

「はい」

「ちょうどいがった。中からバケツで水一杯《いっぱい》入れてける？」

「はい？」

「トイレ、トイレ」

「あ、ああ」

車体の横には、「北村衛生社《きたむらえいせいしゃ》」という文字。バキュームカーだった。おじさんは車から太い蛇腹《じゃばら》のホースを引っぱりだした。ぼくはあわててうちに入り、バケツに水を汲《く》んだ。

一か月後っていっていたけど、早く来てくれたんだ。助かったと思いながら、あわてて
バケツを運んで、水がちょっと廊下《ろうか》にこぼれた。
ガガガーという音がした。
臭《くさ》い。
顔をしかめ、外に出た。
トイレの外に、小さいマンホールのような蓋《ふた》があり、おじさんは、そこの雪をどけてく
れてもいた。そこに差しこんだ太いホースが、小刻《こきざ》みにゆれてる。
ちらちら降《ふ》っていた雪は、いつの間にかやんで晴れ間がのぞいている。
作業が終わり、「銀行の引き落としにした方が、楽だべ」と、伝票を渡《わた》された。
「タンクが小っちゃめみでえだな。ふつうは三か月くらいは、もつんだけんど」
え？　うちは引っ越《こ》してきてまだ一か月だよ。ということは、前に住んでいた人の分が
たまってたってこと？
いっつもあとどのくらいで一杯《いっぱい》になっちゃうかと、気にしてないといけないわけ？
なんでこんなことを、ぼくが気にしなきゃいけないいんだよ。
「じゃあ、来月のきょうくらい、また来てください」

なんでこんなことを、ぼくがいわなきゃいけないいんだよ。

「ああー」

おじさんはちょっと考えて、それから、

「ふつうは、上から見て一メーターあたりまでたまったら、電話してくれればいいんだどもな」といった。

「でも、うちのは小さいんですよね。だったらそれからじゃ、間にあわないってことじゃないですか。今回だって、ほんとは一か月後っていわれて、困《こま》ってたんです。あ」

そうだった。どうしてきょう来てくれたんだろう。

「市の八重樫《やえがし》さんから電話がきて、なんとかここんちさ、まわってけれって頼《たの》まれだんだ」

「八重樫？」

「んだ。おめんどこのかあさんと知りあいだべ」

ぼくの頭の中で、いろんな情報《じょうほう》がかけめぐった。八重樫って、順平《じゅんぺい》の苗字《みょうじ》。かあさんと知りあいって、つまり順平の親父《おやじ》さん？

がっしりとした順平の親父さんの腕《うで》や顔を思いうかべる。

「八重樫《やえがし》さん、ですか」

「んだ。市の保健課《ほけんか》の課長さんだがら」

ああ、それで。

なにかこまったことがあったらって、きのう帰り際《ぎわ》ママに名刺《めいし》を渡《わた》してたっけ。

「ほんとは、事務《じむ》の方さいってもらわねばこまるんだ。おれらは、いわれた順にまわってるだけだがら」

次の家に行くんだろう、衛生社《えいせいしゃ》の人はそういいのこすと、車を発進させた。

トイレのまわりはなんとなく匂《にお》いが漂《ただよ》っている。

東京のなにが一番なつかしいって、水洗《すいせん》トイレかも。

ひょいとレバーを引くだけで勢いよく水が流れる。それですっきり。なんてありがたいことだったか。

ここんちのトイレ、思いっきり寒いし。順平《じゅんぺい》が冷凍庫《れいとうこ》っていってたけど、あたってる。

下をのぞくと、真っ暗だし。

トイレの隅《すみ》に、ゴム手袋《てぶくろ》と洗剤《せんざい》がある。

ええい。

思いきってトイレ掃除《そうじ》をした。ほんっと思いきって。

水を流すと、その分だけたまるわけだから、トイレットペーパーに洗剤《せんざい》つけて拭《ふ》いた。

トイレがすっきりしたので、ほっとした。

でも部屋にもどると、こっちも汚《きた》ない。

よし。まずはストーブをつけて、散らかってるマンガやリモコンを片《かた》づけて、掃除機《そうじき》をかける。そうしていると、いろんな不安やいらいらが、少しずつ静かになっていった。さっき水をこぼした廊下《ろうか》も拭《ふ》いた。

キッチンの床《ゆか》を拭いていたら、不燃《ふねん》ゴミの中に、プラスチックの箱があるのに気がついた。ネイルアートのセットだ。色とりどりのマニキュアや爪《つめ》の手入れのための道具一式が、箱に入ったまま、捨てられていた。

医院の受付をしているママは、マニキュアをするわけにはいかない。だから、捨てたんだ。

ママの覚悟《かくご》だ。

……「ママ」っていう呼《よ》び方、この家じゃ、似合《にあ》わないな。だからって、いますぐ「おかあさん」もなあ。「おふくろ」は、もっとハードルが高い。

またちらちらと雪が、降《ふ》ってきていた。

きょうは、ちらちらなんだな。

雪がこんなにいろいろあるとは、知らなかった。紙切れみたいなのが降ってくることもある。風に舞《ま》いあがるように、軽い雪が降ることもある。水っぽい雪が真っすぐに降ることもある。横なぐりに鋭《するど》く降ることもある。

窓《まど》は結露《けつろ》でべちゃべちゃになり、そばにあまり物を置けない。

窓を拭《ふ》くと、雑巾《ぞうきん》なんてあっというまにびしょびしょになる。なので、大きなバスタオルを一枚《いちまい》、窓拭き用にしていた。掃《は》きだし窓二枚拭いて、バスタオルはぐっしょりだ。

あいかわらず凍《こお》って開かない窓。

その窓のむこうに、郵便《ゆうびん》配達の赤いバイクが見えた。

うちかな。

うちだよな。

バイクは玄関側《げんかんがわ》にまわり、また去っていく。タイヤにチェーンを巻《ま》いたバイクが雪道を去っていくのを見送ってから、ぼくは玄関を開けた。

庇《ひさし》があるから、郵便受《ゆうびんう》けはかろうじて雪がかからない（横殴《よこなぐ》りのが降《ふ》ると、そうはいかないが）。

めずらしく手紙の束が入っていた。一番上の葉書《はがき》のあて名に、紙が貼《は》られていて、ゴムでくってある。前の住所に来た郵便物がまとめて転送されてきたのだ。

飯塚《いいづか》デパート冬物一掃《いっそう》セール（こっちにデパート、ないって）。新宿《しんじゅく》のギャラリーKから個展《こてん》の案内みたいなの（葉っぱの絵、きれいだけど、行けません）。寿町商店街《ことぶきちょうしょうてんがい》スタンプラリーのお知らせ（低学年のときやってから、毎年お知らせが来る）。カタログ販《はん》売《ばい》のチラシ（ママは通信販売で地域《ちいき》のおいしいものなど買っていた）。

ぼくあてでは、塾《じゅく》の案内が二通（今からでも間に合う有名中学とかって）。そしてもう一通、素《そ》っ気《け》ないふつうの白い封筒《ふうとう》があった。裏《うら》を見ると……、榊原真一《さかきばらしんいち》。パパだった。

なんとも頼《たよ》りない文字だ。あの人、あんなに暴力的《ぼうりょくてき》だったのに、字はヘタレだなと思う。

ぐっと息をとめて、封筒にはさみを入れた。

中の白い便せんを取りだし、広げたとたん目に入ったのはお札だ。

一万円札が二枚《まい》、無造作《むぞうさ》に入っていた。

《唯志《ただし》へ
元気にしていますか。

おとうさんは、元気です。

この頃《ごろ》天気予報《よほう》は、東京《とうきょう》よりも青森《あおもり》を先に見てしまいます。毎日ゆきだるまのマーク。きっと寒いでしょう。かぜはひいていませんか。

春休みになったら、東京に遊びにおいで。友だちとだって会いたいだろう。おこづかい入れます。

父》

文中のおとうさんという言葉も、文末の父という言葉も、違和感《いわかん》たっぷりだ。こっちだって、パパなんて書かれたくないけど。

春休み、東京に遊びにこい？

もし行ったら、ぼくはあの人をなんと呼《よ》ぶだろう。遊びにいくかどうかをすっとばして、そこにぶつかった。

「よく来たな。久《ひさ》しぶり」「うん」。「元気だったか」「うん」。「学校は、慣《な》れた？」「まあ」。そんな会話があるかもしれない。きっとママのことはきかないだろう。あっちがひとりで暮《く》らしててどうなのかなんて、ぼくはきかないし。

「あっち」とか、「あの人」……だな。

だったら、ママは「こっち」か？

笑ってしまう。

冬を越《こ》すためのアイテムがまだまだ必要だから、こづかいはありがたくいただきます。

あっ、ゲーム用タブレット、これで買えないな。

でもこれ、養育費《よういくひ》ってやつなんだろうか？

第一、封筒《ふうとう》にお金を直接《ちょくせつ》入れたらダメなんじゃないか？

そんなことを考えてるうちに、ぼくは、お金と手紙をこたつの上に置いたまま、眠《ねむ》ってしまった。

「なあに、電気もつけないで」

ぱっと部屋が明るくなる。

「んんー」

何時？

壁《かべ》の時計。短針《たんしん》は、８と９の間。長針《ちょうしん》は、５。

「八時半？」

がばっと起きあがった。

顔をのぞきこんでくるママを見ながら、頭の中を整理する。夜、だよな。朝まで寝《ね》てしまったわけじゃないよな。

「ごめんね、遅《おそ》くなって」

「うん」

「ごはん、買ってきた」

「うん」

「うん」としか、反応《はんのう》できない。だんだん、頭がはっきりしてきた。

ママは、半額《はんがく》のシールが貼《は》られた弁当《べんとう》を一つ、こたつに置く。そのままパパの手紙をじっと見た。

「これ、開けてみた。ぼくあてだったから」

「うん」

「おこづかいだって」

「うん」

今度は、ママが「うん」しかいわない。「なんて書いてあったの」って、きけばいいのに。

「ママの弁当《べんとう》は？」

つうか、やっぱり「ママ」っていってる。

「看護師《かんごし》さんにお菓子《かし》いただいて食べちゃって、おなかいっぱい」

衛生社《えいせいしや》が来たことは、食事中じゃちょっとなと思い、いわなかった。

結局だまってテレビを観《み》ながら、食べてただけ。

お弁当の唐揚《からあ》げはかたくて、煮物《にもの》はパサパサしててまずかった。でも、そんなことはいわずに食べた。

「トイレの汲《く》み取り、来てくれたの？」

そういいながら、トイレからママがもどってきた。

「うん。ちょうどぼくが学校から帰ってきたら、いた」

「順平《じゅんぺい》の親父《おやじ》さんが、うちにまわってくれって衛生社《えいせいしゃ》にいってくれたんだって。親父さん、市役所らしいね」

「保健課《ほけんか》だっていうから、ダメもとで頼《たの》んでみたのよ。恥《は》ずかしかったけど」

「そうなんだ。でも助かったね」

「うん、お礼をいわなくちゃ」

「ぼくは、いいかな」

「え、あなたが？」

「順平に」

「それは別にいいんじゃないの」

「だよね」

「お掃除《そうじ》もしてくれた？」

「うん」

「ありがと」

「別に」

「よかった」

「助かる」

「だから別にっていってるだろ」

ママは働くようになって、大変で、だからぼくがホントはもっとしなくちゃなんない。そうでしょ。って叫《さけ》びたかった。でもいえない。

「唯志《ただし》」

「もう寝《ね》るよ」

「お風呂《ふろ》は？」

「きょうはいい。かぜひきそうだから」

「寒気する？」

「だいじょうぶ」

これ以上話していたら、余計なことをいろいろいってしまう。もっと肉食いたいとか。トイレくらい水洗《すいせん》の家に住みたいとか。こっちの学校、つまんねえとか。あいつらなにを考えてるのかわからねえとか。

パパの手紙を持って、自分の部屋へ逃《に》げた。

ビュー――――、と外で風の音が震《ふる》えた。

カーテンを開けて外をのぞくと、真っ暗な世界がある。電信柱の外灯《がいとう》の明かりのところだけ、斜《なな》めに雪が降《ふ》っているのが見える。

いったいいいったい、いつまで降るんだ。

4 警戒警報《けいかいけいほう》

翌朝《よくあさ》。外からゴトゴトと音が聞こえてきて、目が覚めた。起きて自分の部屋を出ると、雪かきを終えたママがもどってきた。

「夕飯、なにが食べたい？」

「なんでもいいよ」

ステーキなんて、無理だし。

「ひさしぶりにシチューにしようか」

「きのう給食、シチューだった」

「あ、そうか。うーん、じゃあどうしよう。ま、考えるね」

朝ごはんを食べながらのやりとりが、気まずい。

ママがぼくより先にうちを出る。ぼくはストーブをとめて、ホットカーペットの電源《でんげん》を切って、戸じまりをする。

玄関《げんかん》を出ると、外にスノーダンプがあった。

青いプラスチックの雪かき部分は、子どもを乗せて運べるほどの大きさ。

今朝の雪かきの音がいつもと違《ちが》ったのは、スコップじゃないからだった。

きのうママが買ってきたのだろうか。

これをひきずって歩くのは大変だったろうと思う。その姿《すがた》を想像《そうぞう》する。

が、なにかが頭の隅《すみ》にひっかかる。

雪に車の跡《あと》がある。

少し歩くと、雪下ろしがされていない一軒《けん》の家から、よたよたとおばあさんがゴミ袋《ぶくろ》を持って出てきた。長靴《ながぐつ》をはいて、オーバーを着て、頭にストールをかぶっていた。

出てきた家は、道路から少し低くなったところにあり、雪に埋《う》もれているようだ。ゴミ収《しゅうしゅうじょ》集所までは、まだだいぶ距離《きょり》がある。

「とちゅうだから、ぼくが持っていきます」

ゴミ袋に手を伸《の》ばした。しかしおばあさんは袋から手を放さず、

「おや、黒田《くろだ》のさっちゃんのだか?」と驚《おどろ》いたように、顔を上げた。黒田佐知《さち》の息子《むすこ》かと

いうことだ。

「はい」

しわくちゃの顔を「うんうん」と何度かゆらして、おばあさんはゴミ袋《ぶくろ》から手を放した。

「んだば、おねげえします」

「はい」

深々とおじぎをされてしまった。

真っすぐつづく白い道。つきあたりには、白い山。

道の両側には、新しい家が建ちならんでいる。うちの三倍くらい大きくて、いいなっていうより、水洗《すいせん》トイレがうらやましい。

順平《じゅんぺい》の家は二階建てっていってたし、大介《だいすけ》は金持ちそうだ。きっと立派《りっぱ》なんだろう。有《ゆう》のうちは畳《たたみ》屋だと聞いた。もしかしたら、古い家かも。遊びにこいって、いわれたことないし、ぼくが自分から「行っていい?」ときくこともない。

そんなことを思いながら歩いて、ゴミ置き場に着いた。動物園の檻《おり》のようなところに、地区の人たちが出したゴミ袋が入っている。そういえば、ママがここの当番が来週まわってくると、こまっていた。可燃《かねん》ゴミと不燃《ふねん》ゴミの分別をチェックして、収集車《しゅうしゅうしゃ》が行ったあとに掃除《そうじ》をしなきゃいけないらしい。午前中休みもらわなきゃだめかなあと、つぶやいていた。

「おはようさん」

「おはようございます」

ぼくのあとから来た人が、じっとゴミ袋《ぶくろ》の山を見ている。と思ったら、中を開けだした。緑色のダウンジャケット、軍手、黒い長靴《ながぐつ》、毛糸のポンポンがついた灰色《はいいろ》の帽子《ぼうし》。へんな格好《かっこう》のおばさんだ。ダウンの下からはピンクの花柄《はながら》のエプロンがのぞいていた。

「あー。ぜんぜん分類されていない」

苛立《いらだ》たしげに、ゴミ袋《ぶくろ》から紙ゴミを出して、広げている。だれが出したゴミかを、調べている。ちゃんと分別されていなくて、コーヒーやビールの缶《かん》も入ってたからだ。

「黒田《くろだ》さんとこの？」

調べる手をとめずに、ぼくにきいてきた。調査員《ちょうさいん》かよ。

「榊原《さかきばら》です」

黒田といわれて、「はい」というのはやめにした。黒田じゃない。榊原だ。

「え？　ああ、そ。おとうさんの名前ね。おかあさんは？　黒田でしょ」

「いえ、榊原《さかきばら》です」

「あら、だって……」

だって、離婚《りこん》したんでしょと、顔がいってる。離婚しても、名字をそのままにしておけるって、知らないのかよ。

まあいいわ。とつぶやくと、その人は今度、ぼくがさっき持ってきたおばあさんちのゴミ袋《ぶくろ》を調べだした。

「おたくはだいじょうぶ？　ちゃんと分類した？」

「それは、うちのじゃありません」

「あら、そうなの」

それでも手をとめない。生ゴミやティッシュに混《ま》じって、発泡《はっぽう》スチロールのトレイが見えた。もしも、うちのゴミをこんなふうに見られたらと考え、ぞっとする。

「町屋のおばあちゃんね。しかたないなぁ」

缶《かん》が入っていた袋とおばあさんの袋を、調査員《ちょうさいん》は小屋から出す。

「どうするんですか、それ」

「出したうちにもどすのよ」

「それって、やめた方がいいんじゃないですか」

いってしまった。

「は？」

おばさんは手をとめて、ぼくをにらんできた。

「プ、プライバシーの侵害《しんがい》じゃないですか」

さっきから、その言葉が頭の中でうずまいていた、それなのに、この人はまるで自分が正義《せいぎ》の味方のように、ぼくをにらみつける。

「あのね、ゴミ清掃車《せいそうしゃ》の職員《しょくいん》は、いちいち開けないで、外の感触《かんしょく》で、（ああ、不燃《ふねん》が入ってるな）と思うと置いていくの。でも生ゴミが入ってるから次まで置いてはおけないでしょ。当番が、引きとらなきゃならないのよ」

ああ、この人は当番なんだ。

当番になったら、こんなことをしなきゃいけないってこと？

「あなた、学校は？　時間だいじょうぶなの？」

「だいじょうぶです。でも、ぼくはやっぱり反対です」

「え」

「人んちのゴミ、そうやって見るの、反対です」

「東京ではそういうのがプライバシーなんだろうけどさ、こっちでは人に迷惑《めいわく》をかけないことがだいじなんだよ」

キンキン声の調《ちょう》査《さ》員《いん》は、はきすてるようにそういうと、雪道をおばあさんの家の方へむかった。

ぼくは、もう一度ゴミ置き場を見た。ママがうちを出たのが三十分以上前だから、うちのゴミは奥《おく》の方だろうか。

あれには、算数のテストが入っている。六八点という点数は、ぼくにしては悪くはないけど、人に見せられるものじゃない。見られたくない。

それにあの手紙も、入っている。たいしたことは書いてなかったけど、もし見られたら、(離婚《りこん》した旦那《だんな》、一応《いちおう》子どもにこづかい送ってきているみたい)と、町中に広まる。

テストも手紙も二、三回は破《やぶ》いてるが、三歳児《さいじ》だってできるようなジグソーパズルだ。

探《さが》して取りだしたいけど、時間がない。

もう小学生らしき人影《ひとかげ》はない。遅刻《ちこく》かも。

走るとずてっところびそうで、ふくらはぎに力が入る。

社会の授業《じゅぎょう》で、ゴミの分類や、ゴミを減《へ》らすためにはどうしたらいいかを調べたことはある。地球環境《かんきょう》を守るためには、大事なことだ。

でも、なんか違《ちが》うだろう。

人んちの出したゴミを調査《ちょうさ》する権利《けんり》あるわけ?


ちょっと遅刻したけど、先生がまだ教室に来てなくてほっとした。すると大野《おおの》という女子がよってきた。

「ゴミ置き場で、なにしてたの?」

「別に」

「ふうん」

女子の顔と名前もようやく覚えたが、だれがどんな風というところまでは、まだだ。それでも大野からは、あの緑ダウンの調査員《ちょうさいん》と同じ、いやな感じのオーラが出ていて、ぼくの中で、警戒警報《けいかいけいほう》が鳴った。

「ココットだって」

ゴミ置き場でなにをしていたのかをつっこんでくるかと思ったら、思いがけないことをいう。

「は？」

「ココットにいたんだって。榊原《さかきばら》くんのおかあさんと」

「うちの母親と？」

「と」ってなに？　ママがだれかといたってこと？　だれと？

大野《おおの》は、ゆっくり顔をうしろに動かす。視線《しせん》の先にいるのは、順平《じゅんぺい》だ。

「え？」

「八重樫《やえがし》くんのおとうさん」

警戒警報《けいかいけいほう》は、ヒューンと尻《しり》すぼみになり途切《とぎ》れた。どういうこと？　と追求したいけど先生が来たし、前の席の女子は耳をダンボにしてるし、大野はさっさと自分の席に行ってしまうし。

なんだって？

夕べママは帰りが遅《おそ》かった。自分はお腹《なか》がすいてないからと、ぼくの弁当《べんとう》しか買ってこなかった。本当は、どこかで食べてきたのかもしれない。

それに、今朝うちの前にあった車の跡《あと》……。

買ったスノーダンプを、車で運んできた？

ココット……。

店の名前だろうけど、どこにあるんだか。

ママと順平《じゅんぺい》の親父《おやじ》さんは、同級生だったといっていた。「久《ひさ》しぶり」っていっていた。うれしそうだった？　だったかも。

おじさんとおばさんは、中学のときの同級生だったときいたことがある。町に大きな会社はないから、高校を卒業してからは仙台《せんだい》や東京《とうきょう》に行く人が多いが、残っている人同士《どうし》、元同級生とかで結婚《けっこん》しているのがけっこういるらしい。

げっ。

ていうことは、このクラスからも将来《しょうらい》、結婚するのとか、出るってこと？　うえー。かわいい子、いないんだけど。あ、坂口《さかぐち》っていう子は、大野《おおの》みたいにがちゃがちゃしてないし、かわいいかもしれないな。話したことないけど。

いや、その前に、ぼくがこの町で、まともな大人になっているかどうか……。疑問《ぎもん》だ。

いやいや。そうじゃなくって。

ママと順平の親父さんだ。

衛星社《えいせいしゃ》の件《けん》は、ママが順平《じゅんぺい》の親父《おやじ》さんに電話をして頼《たの》んだといっていた。

一たす一は、二。

そのくらい簡単《かんたん》に、結論《けつろん》は出た。

雪は空から降《ふ》ってくる。

そのくらい、わかりやすい。

夕べ、ママは順平の親父さんとココットとかいうレストランで食事をした。雪下ろしほんとにありがとう。助かったわ。いや、君も大変だね、ぼくでできることならなんでもするからいって。衛星社にも電話しておいたから。うれしいわ。あっ、スノーダンプ買って帰らないと。じゃあこのあと店によって、ついでに送っていくよ。

スノーダンプくらい、ぼくが買ってあげるよ。

てな具合。

買ってもらうのが、スノーダンプってのが、ださいけど。

ふと順平を見る。

順平は、多分意識《いしき》してぼくの方を見ていない。きょうになって、それがはっきりした。

ココットとやらでふたりがいたことを、順平はきのうのうちに知ったのかも。まてよ、きのうは朝から変だった。おとといからなにかあったのかな。

「きのう塾《じゅく》だっただろ。うちによるかと思ってたけど」

隙《すき》を見て、有《ゆう》を廊下《ろうか》でつかまえた。待ってたなんてうそっぱち。寝《ね》てたんだけどさ。

「順平《じゅんぺい》、どうかした？」とも何気なくきいてみた。

額《ひたい》に手をあてて、少し考えている。

「順平ねー」

「きのう帰りにお前んちの前通ったとき、素通《すどお》りしようとするから、『行かないの？』っていったら、『お前らだけでどうぞ』っていうんだ。それでよらなかった」

有は、そこでちょっとだまった。まだなにかいいたいことがありそうな顔だ。

みんな知ってる？

だれかと目が合うと、「知ってるよ」といわれている気がしてしまう。

結局、きょうも順平とは話をしないまま、いつものように、ひとりで帰った。

そして夕方、おばあちゃんがうちにきた。

引っ越《こ》してきて、最初の日はおばあちゃんちに泊《と》めてもらった。その後は、何回かおじさんの車で様子を見にきてくれていた。でも、おばあちゃんがひとりでうちに来たのは初めてだった。

「漬物《つけもの》持ってきたよ」

玄関《げんかん》を開け、すぐに入ってくる。探《さぐ》るようにあたりを見た。

「佐知《さち》は？」

「まだ」

「んだか」

キッチンに行き、鍋《なべ》を出す。

「きのうはなに食べた？」

「きのう？　えーっとなんだったっけ」

おべんとう屋の弁当《べんとう》なんていったら、どんな反応《はんのう》が返ってくるか。

「冷蔵庫《れいぞうこ》、なんも入ってねし」

「きょう、買い物してから帰るっていってた」

それでもおばあちゃんは、〈なんも入ってね〉冷蔵庫にかろうじてあるもので、夕飯を作ってくれた。豆腐《とうふ》ステーキ、卵焼《たまごや》き、じゃがいもの煮《に》っころがし。

「おいしそうだね」

「うめよー（おいしいよ）」

結構《けっこう》ご機嫌《きげん》。でも、六時を過《す》ぎても、六時半を過ぎても、ママは帰ってこない。だんだんおばあちゃんの顔がこわばってくる。

「おばあちゃん、帰り危《あぶ》ないでしょ。ぼく送っていこうか」

「いっつもこったに遅《おせ》んだが」

「そんなことないよ」

その後、ママからスマホに「ごめん、もう少し遅くなる」と連絡が入り、ぼくたちは、ふたりでご飯を食べた。煮《に》っころがしはうまいけど、むっつり黙《だま》って気まずい。

結局ママが帰ってきたのは、八時半だった。きょうは寝《ね》てなかったから、車がうちの前でとまったのが、すぐにわかった。ドアの開《あ》け閉《し》めの音がして、車が去っていく。ぼくはそれが順平《じゅんぺい》の親父《おやじ》さんの車であることを、窓《まど》からそっと確認《かくにん》した。

「おかあさん、来てたの」

ママの手には、弁当《べんとう》ではなくお寿司《すし》があった。

「え、作ってくれたの。食べたの？　ごめんねー。お寿司は？　ここの、おいしいんですって。お寿司《すし》だったら別腹《べつばら》で入るでしょ。おかあさんも、食べよう」

ええー。お寿司買うお金なんて、あるわけ？　と驚《おどろ》いた。でもそのとき、おばあちゃんが低い声を出した。

「おめ、なにしてんだ。今まで」

「なにって」

「おらが来ねば、唯志《ただし》は、ひとりでいまの時間までいねばねがったべ。腹すかせでよ」

「おばあちゃん」

おろおろと、おばあちゃんをとめようとした。

「離婚《りこん》してもどってきて、すぐ男と出歩いて。こっちが、いろいろといわれるんだよ」

「かあさん。なにいってんの？」

「八重樫《やえがし》んとこの息子《むすこ》だべ」

「あのね。あたしがこまってるんじゃないかって、親切にしてくれてるんだよ」

「雪下ろししてな」

やっぱり、しっかり伝わっている。

「だって、雪下ろしなんて私《わたし》には無理だもの。ずっとだいじょうぶかなって、不安で不安で。そしたら来てくれたんだよ。衛生社《えいせいしゃ》にも話をつけてくれて」

「んで、お礼に食事でもってが。寿司《すし》買ってもらってが」

「車のこと、お願いしてたのよ」

車？

「軽自動車でもないと、こっちじゃやっていけないだろって。中古でもしっかりしたのを世話してくれるっていってくれたの。自動車会社に先輩《せんぱい》がいるから、支払《しはら》いはボーナスまで待ってもらえるし、分割《ぶんかつ》にしてもらえるようにかけあってくれるって」

「男が下心もなんもなくって、そったに親切にすると思うか。小娘《こむすめ》でもあるまいし、わがらねわけでもないべ。それども、おめも隙《すき》あらばって思ってんだが」

「おかあさん、ひどいでしょ、それ」

「おばあちゃん、血圧《けつあつ》上がっちゃうよ」

ああー。

ぼくはどうしたらいいのかわからず、寿司をつついた。超《ちょう》ひさびさのお寿司。でも味がわからない。ママとおばあちゃんがけんかしているからだ。

ママもおばあちゃんも、寿司に手を出さない。

「兄《にい》さんに、電話する。迎《むか》えにきてもらおう」

「晩酌《ばんしゃく》してっからだめだ。歩いて帰る」

「もう暗いよ。危《あぶ》ないって」

ぼくは、おろおろしながら口をはさむ、

「だから、車があったら便利でしょ。こっちで唯志《ただし》とふたりで頑張《がんば》ろうって決めたのよ。そのために、必要なものをそろえようとしているだけでしょ。あれこれいわれる筋合《すじあ》いはないわ」

「おめはいいかもしれねどもよ。さっきもいったべ。まわりがみんな見てんだ。八重樫《やえがし》のとこの嫁《よめ》っこだって、気《き》の毒《どく》だべ」

八重樫のとこの嫁っこって、順平《じゅんぺい》のおかあさんのことだ。順平のおかあさんには会ったことはない。

気まずいなあ。まさかママがふ…ふりんなんてしないと思うけど。

順平は、自分ちの平和がこわされるって、心配しているのか。

親父《おやじ》とうわさになっている相手の息子《むすこ》の顔なんて、見たくないんだ。

5　修行《しゅぎょう》開始

むしゃくしゃしたときには、雪かきがストレス発散にいいと気づいた。小さなシャベルじゃ、逆《ぎゃく》にストレスがたまるけど、でかいスノーダンプだと、やったるぞ！　という気持ちになる。プラス家のまわりがさっぱりするという結果がうれしい。

きょうも帰ってから、せっせと雪かきをしていた。すると、元気おばさんがやってきた。

「よっ。精《せい》が出ますな」

富岡多恵子《とみおかたえこ》さんだ。

「いつか、寒い部屋で布団《ふとん》にくるまっていただれかさんとは別人だね」

「早苗《さなえ》ちゃんは？」

「スイミングスクールに行ってる。なに？　会いたかった？　ほれた？」

「勘弁《かんべん》してくださいよ～」

「ははっ。でも五歳違《さいちが》いなんて、大人になったらふつうだよ。布団《ふとん》にくるまってる男じゃ、こっちが勘弁《かんべん》だけど、うん。その姿《すがた》を見たら考えてやってもいいよ」

「そういう話、みんな好きですよね」

「あ、やっぱりめげてるな」

「え」

「じゃないかと思ったんだよね」

ママのうわさを聞いて、来たんだ。

「これだけさっぱりしたら、いいんじゃないの。中に入ろう。お茶でもいれてよ」

多恵子《たえこ》さんは、そういいながらさっさとうちに入っていく。しかたなくぼくもあとにつづいた。

「あー、あったかい」

「おかげさまで」

先週、多恵子さんの手配で、家の外に灯油タンクが設置《せっち》された。おかげで、ポリタンクの灯油がなくならないかと気にしなくてもよくなったのだ。

「ここにあつーいお茶があったら、幸せだよねー」

「はあ」

「お茶くらい、いれられるんでしょ」

「日本茶ですか」

「なんだったら、いれられる？」

「いや、その」

お茶を自分でいれたことなどないのだ。

「一歩前進したものの。まだまだ先は長いってとこ？」

どうも、この人といると調子が狂《くる》う。

「おいで」

そういわれて、キッチンに行く。

「お茶をいれるには、どうするの？」

「え、お湯をわかすんですよね」

「はい、正解《せいかい》」

バカにしてるよなー。

「じゃ、どうぞ」

ぼくは、やかんのふたを開けて水を入れた。

「ストップ」

仁王《におう》立ちの多恵子《たえこ》さんが、だめ出しをいれてくる。

「今、やかんに水が入っていたでしょ」

「少し」

「いつの水？」

「え、えーっと」

「朝？」

？？？　記憶《きおく》の糸をたどる。ママがお茶を飲んでたような……。だから、たぶん朝お湯をわかしたはず。

「たぶん」

「たぶん？」

「はい」

「夕べかもしれない。もっと前かもしれない。そういうことね」

よく覚えていない。だから、そういうことになる。

「今朝か、まあ夕べくらいだったらいいわよ。でもね、水だってただ置いておくと腐《くさ》るのよ」

「そう……ですか」

「腐《くさ》った水で、お茶なんて飲みたくないってこと。はっきり今朝のだってわかってるんならいいけど、そうじゃなかったら、一度捨《す》てて、新しい水を入れる」

はあ。

「今、めんどくさいって思ったでしょ」

あ……。

「うるさいおばさんだって、思ったでしょ」

「はい」

「うん。正直でよろしい」

ガクッ。

「でもね。自分の身は、自分で守らなきゃいけないの。わかるでしょ」

はい。

いわれたように、やかんに入っていた水を捨てて、新しい水を入れた。

コンロにかけて、さてっと。

茶筒《ちゃづつ》は見つけたものの、ふたを開けたらからっぽだった。

「アチャー」

横で多恵子《たえこ》さんが、大げさな声を出す。

「コーヒーじゃ、ダメですか」

「インスタント？」

「はい」

粉《こな》を入れてお湯を注ぐだけ。

「あたしね、インスタントコーヒーを飲みすぎて、胃《い》をこわしちゃったことがあるの。まあ、一日にがばがば何杯《なんばい》も飲んでたからなんだけどね。なにしろ、簡単《かんたん》だもんねー」

「ダメなんですね」

「うん。あとなにがある？」

「紅茶《こうちゃ》があったと……」

「うん。紅茶にしよう。ミルクティーがいいな」

「ミルクティーですか」

「鍋《なべ》に牛乳《ぎゅうにゅう》をわかして、ティーバッグを入れるだけ。簡単《かんたん》でしょ」

はい、簡単です。やかんにわかしたお湯は、むだになりましたけど。

いわれた通り、鍋に牛乳を入れてわかした。

「せっかくだから、そのお湯、ポットに入れておいたら。さっちゃんがお茶っ葉を買ってくるかもしれないし。あ、ポットにお湯が残っていたら、捨《す》てるのよ。理由は、わかるわね」

「はい」

初めて自分で作ったミルクティーは、おいしかった。

「こたつ、いいね」

おばあちゃんちのお古。越冬《えっとう》アイテム増殖中《ぞうしょくちゅう》だ。

「大分なじんできたみたいだし」

それには、「はい」とはいえなかった。

「さて」

ミルクティーを飲むと、多恵子《たえこ》さんは立ちあがった。

「どうも、ありがとうございました」

帰ると思ったのだ。ところが、多恵子《たえこ》さんは、またキッチンへ行く。そして、さっき車から持ってきていたスーパーの袋《ふくろ》をゴソゴソして、焼きそばの麺《めん》とキャベツを出した。肉のパックともやしもある。焼きそばの材料そのものだ。

作ってくれるのかなと、単純《たんじゅん》に思った。ところが多恵子さんは、手を「どうぞ」というように差しだした。

は？

「作ってごらん」

「え？」

「教えるから」

「ぼくが、ですか」

「そう。すぐできる」

ミルクティーは肩《かた》ならしだったんだ。

焼きそばの袋《ふくろ》には、作り方が書いてある。そのまま作ればいいのだが、キャベツの一番上の葉っぱは捨《す》てるとか、もやしを洗《あら》うことまでは書いていない。多恵子さんは、そこを補《おぎな》って教えてくれた。

キャベツをきざむ。見られていると緊張《きんちょう》する。

「使ったまな板と庖丁《ほうちょう》は、すぐに洗《あら》って拭《ふ》く」

「はい」

ジューという音を立てて焼きそばができあがっていく。水をちょっと入れるなんて驚《おどろ》いた。

「完成」

フライパンで、焼きそばがうまそうに湯気をたてている。

「うん。上出来。焼きそばは、半日くらいなら置いてておいしいから。今晩《こんばん》はこれにほら、このスープがあれば、ばっちりよ。お湯を注ぐだけだから、できるわね。上出来じゃない？」

粉末《ふんまつ》のわかめスープも、買ってくれていた。

「はい、でも……」

「なに？　食べたいって？」

そりゃあ、お預《あず》けはないでしょ。

「んじゃあ、食べますか」

「はいっ」

焼きそばは、三人分。二枚《まい》の皿に、少しずつ盛《も》った。

ピンポーン。

そのとき、玄関《げんかん》のチャイムが鳴った。

大介《だいすけ》だった。そうだった。きょうは水曜日。塾《じゅく》の日だ。

「あれ、ひとり？」

「お客さん？　いい匂《にお》いだな」

くんくんと鼻を動かす。

「うん、ママの友だち。今、焼きそば作ったんだ。食う？」

にかっと笑って、うなずく。やっぱりな。

「友だち？」と、多恵子《たえこ》さんが出てきた。大介を見て、「だれだっけ？」と腕《うで》を組む。

「松田《まつだ》です」

大介が頭を下げた。

「松田……、ああ、松田歯科の？」

「はい」

「どうぞ。今ね、こいつが焼きそば作ったのよ。どうぞ、どうぞ」

多恵子《たえこ》さんは、まるで自分のうちのように大介《だいすけ》を招《まね》きいれた。こいつんち、歯医者だったのか。

「お前が作ったの？」

大介の分を出したら、フライパンは空だ。

「さっちゃんは、なにか作るつもりで買い物してくるでしょ」

「たぶん」

さすがにきょうも弁当《べんとう》とか寿司《すし》ってことはないと思う。というより、さすがにきょうは順平《じゅんぺい》の親父《おやじ》さんと会ってくるなんてことはないと思う、といった方がいいだろうか。

「うんめー」

大介の食べっぷりは、見事だった。

「順平と有《ゆう》は、帰ったの？」

「ん。順平は用事があるんだって。有は、甥《おい》っこの相手しなくちゃなんねって」

そんで、なんでおまえはひとりでもうちに来ようと思ったの？

きこうと思ったら、その前に大介からしゃべり出した。

「うちに帰るとさ、すぐに宿題しろって、うるせえんだよ。かあちゃん、ひまだから」

「歯医者になれって？」

多恵子《たえこ》さんへの「子どもの会話に入ってこないでくださいよ」ビームは、あっさりかわされた。

「代々の歯科医院だもんねー」

「そうなの？」

「そうよ」

「で、今度は君にプレッシャーがかかっているってわけね」

「べつにいいんすけどね」

「息抜《いきぬ》きくらいは、したいよね」

「はあ」

「しっかし、多恵子さん、詳《くわ》しいですね」

「まあね。だからさ、みんないろいろってことよ。たあくん」

「は？」

「ハンディキャップとか、プレッシャーとか、いろいろ抱《かか》えて頑張《がんば》ってるってこと」

「なにいいたいんすか？」

「さっちゃんの事」

「多恵子《たえこ》さん、早苗《さなえ》ちゃん迎《むか》えにいかなくていいんですか？」

大介《だいすけ》の前で、なにをいい出すんだという気持ちだった。

「スイミングのお友だちの家に遊びにいくんだって。あちらのおかあさんが、迎えにいってくれることになってるから」

そうですか、というふかーいため息をついた。

「さっき順平《じゅんぺい》って名前が出たけど、八重樫《やえがし》くんちの子どもでしょ」

「町のこと、みーんな知ってるんですね」

「そうでもないわよ」

「そうですか」

でも、知ってる。

「さっちゃんはさ、離婚《りこん》して子連れで頑張《がんば》んなきゃっていうハンディがあるわけよ」

「はあ」

「で、あんたは父親なしで、母親を支《ささ》えなきゃっていうハンディかな」

「まあ」

「大介《だいすけ》君は、歯医者にならなきゃいけないっていうプレッシャー」

「多恵子《たえこ》さんは？」

「あたし？」

「悩《なや》みとかなさそうだから」

「あるある」

多恵子さんは、そういうと自分の顔を指さした。

「ブスっていうハンディキャップ」

大介がぷっと吹《ふ》きだした。

「あんね、笑い事じゃないんだよ。さっちゃんはさ、かわいくって、あたしはずっと引き立て役だったんだから」

「そうなんですか」

「思春期の乙女《おとめ》にはきついことだったのよ。八重樫《やえがし》君だって、だれだって、やっぱかわいい方がいいもんね」

「まさか？」

いま、ふたりが変なことになってるわけじゃ……。

「八重樫《やえがし》君は愛妻家《あいさいか》だから、なにもないよ。奥《おく》さんすごくいい人だし。つまりあの夫婦《ふうふ》は人がいいの。こまってる元クラスメートを放っておけないだけ」

うちがこまってるってことか。こまってるよな。

「あたしがブスでこまってたときは、手を差しのべてくれなかったけどね」

ははっと笑う。

「大人になってこうして化粧《けしょう》で化ける方法を覚えて、それでまあなんとか今の旦那《だんな》も捕《つか》まえることができたけどね。乙女《おとめ》の頃はきつかったな」

「はあ」

ついつい顔を見てしまう。大介《だいすけ》もちらっと多恵子《たえこ》さんを見ていた。多恵子さんはそんな視線《しせん》をもろともせず、とろんと昔をなつかしむ顔だ。

「ま、残り物には福があるってね」

「え?」

「旦那のことも、昔っから知ってたんだけど、大介君みたいなタイプだったの」

「ぼくみたいって?」

大介《だいすけ》、食いつくなって。

「太目でさえないっつうか。頭はよかったんだよね。ね、同じでしょ」

「残り物同士《どうし》だったわけですか」

大介、反撃《はんげき》か。

「それっ。それがよかったのよ。優《やさ》しいしさ、稼《かせ》ぎもいいし。しあわせーってこと。で、ほら。子どもは、両方からかすかないいとこだけとって、かわいいしね」

「はい」

「たあくん。ホントにそう思ってるんでしょうね」

「思ってますって」

つーか、たあくんはよしてほしいんですが。

「だからさ」

多恵子《たえこ》さんは、空っぽになった皿を重ねて、キッチンに運ぶ。

「いろいろなんだって」

多恵子さんは、さっきいったセリフをくりかえした。

「いいときもあれば、辛《つら》いときもある」

「禍福《かふく》はあざなえる縄《なわ》のごとし。ですね」

「お、大介君《だいすけ》。さすがだね」

「なに、それ」

「たあくんも逆《ぎゃく》の意味で、さすがだね」

「禍福の禍っていうのは、災《わざわ》いのこと。福は幸福の福。いいことと悪いことは、縄をなうように交互《こうご》に来るっていうことわざ」

大介が、説明してくれた。

ん？　まてよ。それでぼくの場合は、今災いの真っ最中ってこと……？

「災いってほどでもないけどな」

ぼくが生まれてから、東日本大震災《だいしんさい》や台風の被害など、大きな自然災害があった。災いというと、そっちのイメージ。うちは両親が離婚《りこん》して、貧《まず》しい母子家庭になっちゃったけど、とりあえずなんとか暮《く》らしているわけだし。

「じゃ、あたし帰るね。これ、おみやげ」

多恵子《たえこ》さんは、ごそごそとバッグから包みを出した。

「本？」

「そ」

マンガ？　にしては大きい。ひまだろうから本でも読んでろってことかな。

……『簡単家庭料理《かんたんかていりょうり》』という分厚《あつ》い本だった。

「料理ですか」

「頑張《がんば》って」

こたつの上に、その本をバンと置き、満足げにうなずく。

「そうだ。料理で大事なことってなんだと思う？」

帰るといいながら、なかなか帰らない。多恵子《たえこ》さんは、その質問《しつもん》を大介《だいすけ》にふった。

「火加減《ひかげん》ですかね」

「さすがね。でも、ブッブー。残念でした」

「素材《そざい》」

「それも大事だけどね」

「なんですか？」

じれったくなって、ぼくが口をはさむ。

「火事を出さないこと」

ああ。

「次に大事なのは、火傷《やけど》をしないこと」

「はい」

「次に大事なのは」

「指を切らないこと」

ぼくと大介《だいすけ》がハモった。

「ピンポーン。その三つさえ守れば、だいじょうぶ。少しずつレパートリーを増《ふ》やしてごらんなさい。中学に入るころには、ベテラン料理人よ。ああ、料理のできる男って、いいわ」

いいたいことを全部いってすっきりした顔で、多恵子《たえこ》さんは帰っていった。

と思ったら、またすぐに戻《もど》ってきた。

「いい忘《わす》れたことがあった」

「なんですか」

「あなた、地区長さんの奥《おく》さんにいったんだってね」

「地区長さんの奥さん?」

「プライバシーの侵害《しんがい》だって」

ゴミ置き場の調査員《ちょうさいん》のことだ。あの人、地区長さんの奥《おく》さんだったのか。

大介《だいすけ》は、けげんな顔をしている。

「地獄耳《じごくみみ》」

「なに？」

「いえ」

「よくいった」

「へ？」

「よくぞいったって、みんないってる」

「そ、そうなんですか」

「あそこまでやることないって、みんな思ってたのよ。でもだれもいえなかったんだわ。

それをあんたがガツンといってくれたわけ」

「はあー」

「ま、そういうこと。じゃね」

おれも帰る、と、大介はジャンパーを着た。うちに来てゲームをしないで帰るのは、初めてだ。

「焼きそば、うまかった」

焼きそばの皿もフライパンも空だけど、大介《だいすけ》の言葉が残った。ぼくは、さっきポットに入れたお湯でフライパンと皿を洗《あら》った。

それからもう一つ、やるべきことがある。

ママの分の焼きそばを作らなきゃ。もう材料はないので、買い物に行った。この前パパが送ってきたおこづかい使い道第一号だ。ぼく自身は、さっき食べたばかりだし、ホントは他のものを食べたかった。でも今、まともに作れる料理は、これだけだから。

かごを手に、スーパーの中をまわる。きっとあしたには、「黒田《くろだ》の子どもが、スーパーで焼きそばの材料を買っていた」情報《じょうほう》が広まるんだろう。ほら、あのおばさん、こっち見てるし。そういえば、順平《じゅんぺい》と順平の親父《おやじ》さんが雪下ろしにきたときも、見てたおばさんがいた。ここは、おばさん調《ちょう》査《さ》員《いん》がうろうろだ。

いいさ。一番安いバラ肉を買ってたとか、キャベツは見切り品だったとか、いってくれたって、かまわない。

スーパーから袋《ふくろ》をさげて出ると、順平がうろついていた。とっさに逃《に》げだしたくなったが、ぐっと下っ腹《ぱら》に力を入れる。

「おい、順平《じゅんぺい》。大丈夫《だいじょうぶ》だから」

はっきりいっておきたかった。

「は？」

順平が、けげんそうな顔で見る。

「お前の親父《おやじ》さんに親切にしてもらって、助かってる。でも、それだけだから」

「なに？」

さっぱりわからないって、顔だ。

「だ、だからさ。ぼくの親とおまえんちの親父さんのことを、町の人たちがうわさしてるらしい。そのこと」

ごまかさない。目をそらさない。

すると順平は、ぐるりと周囲《しゅうい》を見まわし、きょとんとした顔から、いきなり笑いだした。

「いや、笑ってる場合じゃないけど」

「な、なんだ？」

「大人はさ、そういう話が好きなだけ。親父《おやじ》がもてるわけないだろ」

「そ、そうなのか」

「あたりまえだろ。うちは、平和すぎるくらい、平和だから」

多恵子《たえこ》さんも、そういってたけど。

「だって、お前、最近ぼくの顔を見ないし」

「あ?」

大きくひとつためいきをついた。

「うちの猫《ねこ》がいなくなったんだ。それで」

雪下ろしをした日から、飼《か》っていた猫がいなくなった。もしかしたら、屋根から落とした雪の下に埋《う》もれたんじゃないかと、捜《さが》してたという。

学校が終わっても、塾《じゅく》が終わっても遊ばず、家のまわりの雪を掘《ほ》りおこしていたらしい。それでも見つけられず、こうして町をうろついていたのだった。

順平《じゅんぺい》の不機嫌《ふきげん》は、それだったってわけ。親父さんとママのことが原因《げんいん》じゃなかった。

順平と別れ、家にもどると、さっそく焼きそばを作りはじめた。さっき洗《あら》ったフライパンはまだ水が残っていて、油を入れたら、思いっきりはねた。

（料理で一番大事なのは、火事を出さないこと。次に大事なのは、火傷《やけど》をしないこと。そして、指を切らないこと）

多恵子《たえこ》さんの言葉を、頭の中でくりかえす。夏場で半袖《はんそで》だったら、はねた油で火傷をしていたかもしれない。

けがをして病院にかかるお金があったら、ロース肉、買いたいからな。

焼きそば、完成！

翌日《よくじつ》、順平《じゅんぺい》が、

「チャイが、近所で保護《ほご》されてた。っていうか、近所のガキがかくしてた。一件《けん》落着」といってきた。

チャイって、猫《ねこ》の名前らしい。

6　洞窟《どうくつ》

持ちあがりのクラスで六年生になった。

まるでずっと前からこの町で暮《く》らしているような気がする。というか、東京に住んでいたことが、うそみたいだ。

あんなにあった雪も解《と》けた。

その結果、うちのまわりに広がっていた雪野原は、ぜんぶ田んぼだったことがわかった。

解けた雪が蒸発《じょうはつ》して、それが空気の中できらきらしていた。

四月、五月と進んでいる。

気持ちのいい季節だ。

なのに、ぼくのまわりはどよんとしている。うしろの席に座《すわ》っている佐々木有《ささきゆう》から漂《ただよ》ってくる空気のせいだ。

有《ゆう》の姉、さくらが失踪《しっそう》した。

有とは十一も年が離《はな》れている。十七歳《さい》のときに高校の先輩《せんぱい》との間に子どもができて、結婚《けっこん》。その子は今一年生なのだそうだ。姉さんが夜スナックで働いていることは、有から聞いていた。でもこのごろになって、客のひとりと親しかったとか、化粧《けしょう》や着るものが急に派手《はで》になったとか、おひれのついたうわさ話が、町中で、そして教室でもささやかれていた。


「唯志《ただし》。きょう、ひま?」

昇降口《しょうこうぐち》で、有に声をかけられた。

「ぼくは、いっつもひまだけど、おまえらは塾《じゅく》の日だろ」

「行きたいところがあるんだ。つき合ってくんないかな」

「塾は?」

「いいんだ」

「どこに行くの」

「ベンテンドウドウクツ」

「は？」

「弁天堂洞窟《べんてんどうどうくつ》っていう洞窟があるんだ」

思いうかんだのは、コウモリがぶら下がっている鍾乳洞《しょうにゅうどう》だった。

「どこにあるの？」

「町はずれ、西遇寺《さいぐうじ》。弁天様がまつってあるんだ」

「お寺？」

弁天様って、仏像《ぶつぞう》？　いや、神様？

町はずれってどっちのはずれ？　いきなりなんでそこに行くわけ？　なにがあるの？　なんでおれなの？

「悪いね。じゃ、チャリで迎《むか》えにいく」

おい、行くっていってないぞ。

有《ゆう》が、ふっと溜息《ためいき》をついた。しかたない、つき合うか。悪いね、なんていわれて、溜息までつかれて、
ひまなの、たしかだし。

洞窟《どうくつ》だったら、懐中《かいちゅう》電灯とかいるのかな。でもうちには、ない。あ、停電《ていでん》になると、やばい。買わなきゃ。と思ってるうちに、有《ゆう》が来た。手ぶらだった。

「なにか持ってくものは？」

「なんも」

というので、なんも持たないで出る。

有の自転車が、先を走る。

西の町はずれにあるしょぼい総合《そうごう》病院を曲がると、真正面に山だ。寝《ね》ぐせのついた有の髪《かみ》の毛が、日の光で金髪《きんぱつ》に近い茶色に見える。

この町は田んぼとリンゴ畑でできてるみたいだ。その間に、家があって人が暮《く》らしている。

田植えがすんだ田んぼは、水がたっぷりで、空が映《うつ》る。風が吹《ふ》くと、雲が田んぼでゆれる。

あんなに田んぼがあるのに、そこで働いている人を見かけないなと思っていたら、「この人は朝早いのよ。あたしたちが寝《ね》ている間に働いてるのよ」と、ママがいう。

学校に行くとちゅうにある広い畑で、前日までなにもなかったのに、ある日とつぜん、野菜の苗《なえ》が生えていたことがあった。

一日でこんなに伸《の》びる？　とびっくりしたけど、考えてみたら、あれは苗を植えたんだ。しかも朝早くに。

汗《あせ》ばむ日もある。あんなに雪があったなんて、うそのようだ。

いきなり人通りのない道。ゆるい上り坂の両側に、リンゴの木がたくさんある。町のあちこちにあるこのリンゴの木に、赤いつぼみがついたのを見たときは、なんの花かと思った。ところが開くと、それは赤ではなく白い花で、しかもリンゴと聞かされ驚《おどろ》いた。花は、一つを中心に、まわりに四つ咲《さ》くのだが、大きくて甘《あま》いリンゴにするため、中心の一つだけを残してほかは摘《つ》んでしまう。そんな事も聞かされた。

少しずつ坂は急になり、ギアをチェンジしてももう無理だと、自転車から降《お》りた。舗装《ほそう》された道は途切《とぎ》れて、そんなところでもいきなりふつうの家が建っている。

有《ゆう》は、石段《いしだん》のわきに自転車をとめた。石段は、緑の木々の中につづいている。

「ここなの？」

「うん」

お寺って、お墓《はか》があるところだろ。こんな石段《いしだん》上らなきゃならないとなると、年寄《としよ》りはお墓参《はかまい》りも気軽にできないだろうな。

上りながらつぶやいていたら、墓地《ぼち》へは車でまわる道があるのだといわれた。ということは自転車だって、そっちをまわれるってことじゃないの？

石段を上りきったところに、大きな山門がある。門の中には、本堂《ほんどう》までつづく真っすぐな道。両側は杉林《すぎばやし》だ。

本堂の横に、つけたしたように小屋がある。その入り口の呼《よ》び鈴《りん》を押《お》すと、Tシャツを着た男の人が出てきた。

「ふたり、お願いします」

有《ゆう》が五百円玉を出した。入場料だ。

「いくらなの？」ときくと、「いいよ。ぼくが誘《さそ》ったんだから」と百円おつりをもらっている。ひとり二百円か。パンを買ったほうがいいな。そしてぼくの分も出してもらってもいい範囲《はんい》だ。

名前と連絡先《れんらくさき》を書くと、幅《はば》二センチ、長さ三十センチくらいの平べったい細い板を渡《わた》された。

「帰るとき、また必ず呼《よ》び鈴《りん》を押《お》して、これを返してください」

棒《ぼう》のようなその板の先には、釘《くぎ》が打ちでていて、ろうそくがついている。小さいマッチ箱とその棒切れをそれぞれ持って、本堂《ほんどう》のわきを過《す》ぎる。懐中《かいちゅう》電灯じゃなくてろうそくというアイテムの古さは、なんなんだ。

すぐ、裏山《うらやま》。そして、〈弁天堂洞窟《べんてんどうどうくつ》〉と書いた立て札がある。

山に掘《ほ》られた穴《あな》の入り口だ。

「ここ？」

中は見えない。山に自然にできた穴なのか、だれかが掘ったものなのか、情報《じょうほう》があまりにも少なすぎた。まわりは木の根が飛びだし、蔓《つる》が垂《た》れさがり。なにかが出てきてもおかしくない雰囲気《ふんいき》。ここまで来て行きたくないというのも情《なさ》けないし、ぐっと下っ腹《ぱら》に力を入れた。

有《ゆう》がマッチをすって、ろうそくをつけた。ろうそくの火は、風ですぐ消える。またつける。

この中に有の姉さんが潜《ひそ》んでいるわけじゃあないだろう。いったいなんなんだよ！　と思いつつ、有のあとから穴に足を踏《ふ》みいれた。

闇《やみ》……、だ。

踏《ふ》みいれた足は、一歩目で止まった。

「おい、有《ゆう》。真っ暗じゃん」

「恐《こわ》い？」

有が、振《ふ》りかえる。ろうそくに照らしだされたおめえの顔が恐いよ。

「おれ、一年のとき姉さんに連れてこられて、恐くて、もらしたんだ」

「え？」

「ションベン、もらしたの」

一年坊主《ぼうず》には、恐いだろう。もらしたっていうのは、ちびったというのとは違《ちが》う。そうか、もらしたのか。

少し闇に目が慣《な》れてきて、ろうそくでも、明るく感じてきた。

中は、意外とせまい。それなのに沼《ぬま》のようなものがある。ぐるりと石で囲《かこ》ってあるが、うっかりすると落ちそうだ。

「底無し沼なんだ」

おい、やめてくれよ。

「って、いわれたの。そのとき、姉さんに」

有《ゆう》はゆっくりと沼《ぬま》に沿《そ》って歩きだした。ぼくは、有のトレーナーの背中《せなか》にしがみつきたいのをぐっとこらえている。ふとまわりの壁《かべ》にろうそくの灯《あか》りをあてて、「わっ」と声をあげた。

白い大蛇《だいじゃ》の絵が、描《か》かれていた。洞窟《どうくつ》の壁に染《し》みこんだかのように、ところどころ欠落している。大蛇の顔は、大きくうねりながら穴《あな》の奥《おく》へむいていた。

「恐《こわ》かったよ。それにこの蛇《へび》だろ。帰ろうよ～って、泣いたんだけど、姉さん、どんどん奥に行くし。ついていくしかなかった」

「うん」

壁に手をあてながら、大蛇の顔から赤い舌《した》が出ている先に進んだ。

うっと、つまづきそうになる。ころんで、ろうそくが消えたりしたらと思うとぞっとする。

沼の奥は一本道だった。

壁をろうそくで照らしながら、すり足で奥へ進んだ。でこぼこした地面はところどころ濡《ぬ》れていて、うっかりするとずるりと滑《すべ》る。前を行く有、壁、足元に神経《しんけい》をとがらせる。

そして、まわりをかこむ闇《やみ》にも。

そんなに長い距離《きより》ではなかったはずだ。

行き着いた奥《おく》の壁《かべ》の小さな穴《あな》に、石像《せきぞう》があった。ろうそくで照らしてみたが、目鼻もはっきりしていない。

「弁財天《べんざいてん》ってのが、正式名称かな。七福神《しちふくじん》の中でひとりだけ女」

その前には、五円玉や十円玉が数枚置かれていた。

像のわきにろうそくを置き、有《ゆう》が手を合わせた。きっと姉さんのことをお願いしてるんだろう。一応《いちおう》、ぼくも手を合わす。

なにを願おう……。

ええーっと、

(トイレ、水洗《すいせん》にしてください)

……。

同じ道を帰る。さっきより、多少足早だ。すぐ沼《ぬま》のところへもどった。

地球の構造《こうぞう》を考えたら、底無しなんてあるわけない。つまり深いんだろう。

ふと会ったことのない有の姉さんが、ずぶずぶとこの沼に沈《しず》んでいく姿《すがた》を想像《そうぞう》してしまった。

外は、明るすぎるほど明るかった。

日の光。木の緑。

無事にこの世に帰ってこられた、という感じだ。強い風が吹《ふ》いてるわけでもないのに、ろうそくの炎《ほのお》はあっけなく消えてしまった。ろうそくは、もう一センチくらいしか残っていない。

有が、〈戦没者慰霊塔《せんぼつしゃいれいとう》〉と彫《ほ》られている大きな板碑《いたび》の台にすわった。いいのかな、と思いつつ、ぼくも。

「兄さんってさ」

は?

「義理《ぎり》の。姉さんのだんなさん」

「ああ」

「優《やさ》しすぎるくらい優しい人でさ」

「へえ」

じゃあ、どうして姉さんは家出したんだ？

「姉さんがいなくなってから、ショックで毎晩《まいばん》飲んだくれてる」

「一緒《いっしょ》に暮《く》らしてるんだよな」

「うん。うちは畳屋《たたみや》だろ。結婚《けっこん》したとき、兄さんはなんにもしてなくて、父さんが、じゃあ畳職人《しょくにん》になれって、家に入れたんだ」

「うん」

「でも畳、流行《はや》ってないだろ。大変なわけ」

実は驚《おどろ》いてたんだけど、この町にもどんどん新築《しんちく》の家は建っている。でもほとんどが、大手メーカーのもの。畳を注文する人はいないのかも。

今ぼくが住んでいるあの家は、キッチン以外は、ところどころすりきれているけど、畳だ。流行ってない家ってこと。

「うん」

「で、姉さんが夜の仕事に出るようになって」

お酒を飲ませる店ってことか。

「うん」

うんしかいってないなあ。でも、他になんていったらいいかわからない。有《ゆう》はそのあとも、でも姉さんはお金のためだけじゃなくて、高校を中退《ちゆうたい》してすぐ子育てに追われてたから、普通《ふつう》に遊びたくなったんじゃないかとか、優《やさ》しすぎるだんなさんもそれはそれで物足りなかったのかもとか、ぼそぼそ話した。

「どこにいるか、全然わからないの？」

「仙台《せんだい》にいるらしい」

「連絡《れんらく》あったんだ」

「うん」

「帰ってこないの？」

「来ない。来られないって。まあ、そうだよな」

「そうかな」

「離婚《りこん》するかもしれない」

「うん」

離婚という言葉を聞くと、今でも、心がかたくなる。

「そしたら、まさか兄さんがうちにそのままいるわけにもいかないし。昌樹《まさき》、あ、昌樹って甥《おい》っこね。昌樹《まさき》とふたりで別にアパート借りて暮《く》らすことになるかも」

「そうか」

「きょうはありがと」

すっと立ちあがった有《ゆう》が、ぼくの足元をじっと見つめている。

「なに？」

「くつ……」

「靴《くつ》？　どうかした？」

ぼくがはいているスニーカーの先は、少し濡《ぬ》れていたが、たいしたことではない。

「どお？」

「いや、べつに」

「どお？　くつ」

……。

「それをいいたかったわけ……？」

どうしようもないオヤジギャグ。有はさすがに恥《は》ずかしくなったのか、話をもどした。

「姉さんがさ、昌樹がお腹《なか》にいるときに、お参りに行きたいから一緒《いっしょ》に来てっていわれて、ここに来て。でも、おもらしなんかしてさ。情《なさ》けなかったんだ」

「はは」

「そのあとは、ずっとここに来る勇気がなかった」

「恐《こわ》いよな、ここ」

「だろ?」

ぼくたちは、ぽっかりと黒い口を開けている洞窟《どうくつ》を見た。

「こんど、昌樹《まさき》を連れてこようと思って」

「おもらしするかもよ」

「するかもな。その前に下見をしたかった。ひとりで来る勇気なくて、だからいっしょに来てもらったんだ。チビの前でこっちがびびるわけにいかないだろ」

「一生尊敬《そんけい》されないな」

「尊敬はされなくてもいいんだけどさ」

遊園地のアトラクションやお化け屋敷《やしき》なんて目じゃない。そんなところに、どうして有《ゆう》が甥《おい》っこを連れてこようとしているのか。……、それはわかるといえば、わかる。

暗い中でも、歯をくいしばって歩くしかない。でも、ちゃんと明るいところに出られる。

……そんな感じかな。

「どうでしたか？」

振《ふ》りむくと、さっき受付にいた人が立っていた。袈裟《けさ》を着ている。

お坊《ぼう》さんだったんだ。

「一時間経《た》ってもどってこない方がいたら、安否《あんぴ》を確《たし》かめることにしています」

気絶《きぜつ》してるとか、沼《ぬま》に落っこちて動けなくなってるとか、中で殺人《さつじん》……だってあり得《え》るものなあ。

「恐《こわ》かったです」

正直にいった。

「イケイというものから信仰《しんこう》は始まっているのです」

お坊さんは、地面に小枝《こえだ》で〈畏敬《いけい》〉と書いた。

「恐《おそ》れとか、敬《うやま》うとか、そういうことです」

受付にいたときはさえなかったけど、今は立派《りっぱ》に見える。なかなかお坊さんらしいことをいう。

「この洞窟《どうくつ》ができたのは、明治の初期といわれています。弁天童子《べんてんどうじ》はその後少しずつ掘《ほ》られました」

「弁天童子《べんてんどうじ》？」

「弁天様にお仕えする童子、子どもの像です」

そんなのいたっけ？

ぼくたちは顔を見あわせた。

「白蛇様《しろへびさま》から奥《おく》の弁天様へとたどる壁《かべ》におられたはずですが」

「どっち側？」

「むかって右側です」

左側の壁をろうそくで照らしながら歩いていたから、気がつかなかったんだ。

「弁財天《べんざいてん》というのは、元はインドの古代神話に登場するサラスバティというインダス川の神様です。サラスバティは〈水を持つもの〉という意味で、したがって池や川など水のある所にまつられます。水の流れは、音楽やよどみないおしゃべりに結びつき、芸能《げいのう》の神様としても信仰《しんこう》されています」

弁財天講義《こうぎ》だ。

「弁財の財は、財宝《ざいほう》の財でもあるため、金運の御利益《ごりやく》があるともいわれています」

ちょっと待てよ。

有《ゆう》と姉さんがここにお参りにきたときって、これから生まれる子どものことを思ってたんじゃないかなあ。そしてきょう、ぼくは、水洗トイレにしてくださいと願った。水には関係しているから、アリ……？　いや、金運って知っていたら、金持ちになれますようにって、お願いしておいたけど、もう遅《おそ》い。

やることがずれてる。

だいたいお寺の裏山《うらやま》の洞窟《どうくつ》にまつるんなら、仏像《ぶつぞう》じゃないのか。でなきゃ長生きできる神様とか、成仏《じょうぶつ》できる神様とか。そんなのはいないのか。

お坊《ぼう》さんは、ぼくたちからろうそくの板を受けとり、本堂《ほんどう》へもどっていった。

「昌樹《まさき》を連れてくるときは、宝《たから》くじが当たりますようにとか、願った方がいいかもな」

「んじゃ、宝くじ買わないと」

「当たるかもよ。そうしたら、姉さんももどってくるかも」

つい調子に乗っていってしまった。

「悪い、つい」

「いや、一理あるよ。お金で解決《かいけつ》することだってあるんだ」

「でもさ、この奥《おく》って金持ちにならせてくださいってお願いする雰囲気《ふんいき》じゃなかったよな」

「逆《ぎゃく》にたたられそう」

「それそれ」

「この洞窟《どうくつ》、町では有名なの？」

「え？」

「だって、来るとちゅうに、標識《ひょうしき》も看板《かんばん》もないし」

「発見されたのは、戦後だっていってた。その当時はみんなこぞって見にきたらしいけど、最近はこんな風。知らないやつも結構《けっこう》いるかも。遠足で来るような所でもないしな」

きっと有《ゆう》は、あしたかあさってか、もっと先かわからないけど、甥《おい》っこの昌樹《まさき》という子を連れてくるのだろう。その子は、この闇《やみ》の恐《おそ》ろしさに、有をうらむかもしれない。母親はいなくなる。父親は飲んだくれている。おじさんは、恐《こわ》い洞窟なんかに連れてくる。

そして、またあのオヤジギャグをいうのかもしれないな。

――どお？　くつ。

バカにされるだろうな。

……でも、きっと伝わるよ。

「おーい、腹《はら》へらないー？　うちでスパゲッティでもどおー？」

自転車で山道を下っていたら、うしろから有《ゆう》の声がした。

スパゲッティ？

……どうせ、サラスバティから連想したんだろう。


「弁天堂洞窟《べんてんどうどうくつ》？」

ママに話をしたら、首をかしげた。

「知らないの？」

「聞いたことはある」

「じゃ、行ったことはないんだ」

「ないわ」

「行ってみたら？」

「いや」

ママはやけにはっきりと、「いや」といった。

「あたしは、やっと明るいところに出たばかりなの。なにを好きこのんで暗いところに行かなきゃならないのよ」

絶叫系《ぜっきょうけい》のアトラクションも絶対拒否《ぜったいきょひ》の人だ。恐《こわ》いのが嫌《いや》なだけだろう。でも、とってつけたような理屈《りくつ》はわからないでもない。いまは明るいところで頑張《がんば》りたいんだ。頑張ってるんだ。

7　ジャンプ

　こっちの夏休みはやけに短くて（その分、冬休みが長いんだそうだ）、ちょっとのんびりしていたらもう終わり。夏休みも（つまり、春休みも）、東京には行かなかった。

　そして、秋になった。

　リンゴが赤くなりだしている。

　田んぼは、一面黄金色《こがねいろ》。

　稲穂《いなほ》がたれ、田んぼ全体がどっしりとしている。もうすぐ稲刈《いねか》りらしい。足元がすかすかする。

　一年で身長が一〇センチも伸《の》びて、ズボンのたけが短くなってるんだ。現在《げんざい》一五二センチ。クラスでは、真ん中よりうしろのほうだ。夏のボーナスが出たときパパが送ってきたお金があるから、あれでズボンを買うか。

おばあちゃんときたら、「もうすぐ冬だな」なんていう。

夏が終わったばかりなのに、またあの真っ白い世界になるのか？ と身構《みがま》えてしまう。

ストーブは夏の間もずっと置いてあるし、朝晩《あさばん》は寒いくらいなので、長袖《ながそで》をしまうこともない。


二学期になってとなりの席になったのは、坂下真実《さかしたまみ》。何回くらい話したろうか。いや、ほとんど話していない。というか、坂下が、他の女子と話をしているのさえ聞いたことがない気がする。

暗い……というわけではない。

おとなしい？ のだろうか。

休み時間は他の女子といっしょにいるが、にこにこしているか、うなずいているか。嫌《きら》われているとか、いじめられているわけでもないようだった。

そんなある日のことだ。学校から帰り家にいたら、結局解約はしなかったスマホに、ママが倒《たお》れたと連絡《れんらく》が入った。

あわてて、仕事先にかけつける。

ママはカーテンでかこまれた処置室《しょちしつ》で、点滴《てんてき》をしてもらっていた。

どきっとした。

「唯志《ただし》、ごめん。連絡《れんらく》しなくていいっていったんだけど」

点滴がポタポタと落ちている。

「唯志くんだったたっけ？」

点滴が終わると、太った看護師《かんごし》さんがてきぱきと針《はり》を抜《ぬ》く。大きな病院だったら、看護師長さんという感じの人だ。

「はい、お世話になりました」

「しっかりしてるね。これならあたしがついて帰らなくても大丈夫《だいじょうぶ》だな」

「唯志、こちら山下《やました》さん。いつもお世話になってるの」

「なんもだって。今、タクシー呼《よ》ぶからな」

「あ、だいじょうぶです。歩いて帰りますから」

「だめだってー。無理はできねんだよ」

そのやりとりは、つらかった。

ママはタクシー代がもったいないと思っているんだ。っていうか、そのお金がないのかも。

「ママ、ぼく、あるから。

パパがおこづかいを送ってきたんだ。それがある」

ついいってしまった。ママが気まずそうに、目をふせる。

ぼくは、かまわずタクシーを呼《よ》んだ。

待合室の黒いビニール製《せい》の椅子《いす》では、会計を待ってる患者《かんじゃ》さんが数人いるだけだった。〈治療《ちりょう》の内容《ないよう》によって診察《しんさつ》の順番が変わることがあります〉とか、〈月初めには、保険証《ほけんしょう》をお持ちください〉と書かれている紙が、茶色く変色している。

建物も中にあるものも、すべて古い。

だから診察室《しんさつしつ》のドアが開き、白衣を着た若《わか》い先生が出てきたときは、驚《おどろ》いた。きっとお医者さんも、古い、じゃなくかなりの年だろうと思ってたからだ。

「疲《つか》れたんだとは思うけど、あしたになっても具合がよくならなかったら、一度内科に行った方がいいかもしれないね。あ、あしたは休んでいいですよ」と、ママにいう。

いくつくらいだろう。三十くらい？　もうちょっと上？

「ありがとうございます」

「診察代《しんさつだい》はいいよ。あと、タクシー代は、うちで出すから」

聞いていて、恥《は》ずかしかった。

「バスや車で通勤《つうきん》してくる看護師《かんごし》さんには、交通費《こうつうひ》を出してるんだからね。こんなときのタクシー代はあたりまえだよ」

そういわれても、恥ずかしさは消えない。

この町に、こんなかっこいい人もいるんだな。独身《どくしん》かな、いやもう結婚《けっこん》しているかな。

そんなことを考えて、恥ずかしさをごまかしていた。


「夕飯の買い物しなきゃ」

タクシーの座席《ざせき》にもたれて、ママがいう。

「チャーハンでよかったら、ぼく作るよ。たぶん、材料はあるし。あ、油っぽいものはダメ？」

「お腹《なか》こわしているわけじゃないから、だいじょうぶ。それじゃ、きょうは、チャーハンにしようか」

「うん」とうなずきながら、悪い病気だったらどうしよう、と不安になる。離婚《りこん》して、こっちに来たのは、こんなときにおばあちゃんやおじさんたちに助けてもらえるという気持ちがあったからだ。でもおばあちゃんは助けてもらうには年を取りすぎているし、おじさんには自分の家庭があって、そんなに余裕《よゆう》はないようだった。

「やっぱり車、買おうかな。冬になる前のほうがいいかな」と、ママが力なくつぶやく。

「前にいってた順平《じゅんぺい》の親父《おやじ》さんの知り合いに頼《たの》めばいいじゃない」

引っ越《こ》してきてすぐのとき、紹介《しょうかい》してくれるって話を、おばあちゃんの横やりが入って、パスしたままだったんだ。

「人目なんか、気にしなくていい」

「そうね」

布団《ふとん》をしいてママに横になってもらってから、チャーハンを作った。冷蔵庫《れいぞうこ》に残っていたハムをきざんで炒《いた》める。残りご飯を入れて手早く混《ま》ぜ、塩こしょうをする。いったん皿にあけて、炒《い》り卵《たまご》をつくる。ご飯をまた入れて完成。これに、インスタントのわかめスープ。

ママは「おいしい、おいしい」と食べてくれた。でも突然《とつぜん》、（しまった）という顔になる。

「きょう、地区の集まりだった」

そういえば、先月回覧板《かいらんばん》を見て、「秋祭りですって」とつぶやいていた。

「町をあげてのお祭りなの。演芸《えんげい》大会の打ち合わせがあるから、必ず出席って書いてあった。欠席したら、なにをやらされるかわからないわね」

「演芸大会って、どんなの？」

「ずっと前からある町の学芸会みたいなものよ。子どものころは楽しんでたけどね。ああ、考えると頭が痛《いた》くなる」

ママは「ごちそうさま。唯志《ただし》チャーハンは絶品《ぜっぴん》だわ」といいながら皿を片《かた》づけると、布《ふ》団《とん》にもどった。

ほんとうは、そんなんでもないんだ。でも今のうちにとっては、ごちそうだ。ぼくはフライパンに残っていたチャーハンをおかわりして、かっこんだ。料理人になるのもいいかなと思う。

この町には私立《しりつ》の中学はないから、気楽に小学校のとなりにある中学に同じメンツと通うのだろう。市内のもう一つある小学校からも来るが、そんなたいした変化じゃあない。

その後、できのいいやつは、となり町の高校に通ってるようだ。どっちにしても住んでいるのは、この町だ。

そのあとは？

どうするんだろう、ぼくは。

大学に行くお金はない。調理師《ちょうりし》の免許《めんきょ》でも取って、町のどこかの店で働く。そして、いつかは自分の店を持つ。そんなんでもいいかな。調理師も専門《せんもん》学校に行かなきゃ、だめなのかな。

皿を洗《あら》いおえて、蛇口《じゃぐち》をしめる。

翌日《よくじつ》は例によって、塾帰《じゅくがえ》りの三人がうちに来る日だった。

「きょうさ、うち、だめなんだ」というと、順平《じゅんぺい》が、「ああ、おふくろさん、倒《たお》れたんだろ」と返してきた。なんで知ってるんだときかけて、黙《だま》った。ママが倒れたとき病院にいた患者《かんじゃ》さんの口から、町中に広まっているのだ。

（やっぱりな）と思ってしまう。

思わず目をそらしたら、となりの坂下《さかした》と目が合った。

「なに？」

きっときついいい方だったと思う。坂下《さかした》は、「ううん」と下をむいた。


家まで急ぎ足で帰った。

ママの顔色がよくなっていた。ほっ。

軒下《のきした》に洗濯物《せんたくもの》が干《ほ》してある。いつもは、針金《はりがね》のハンガーにかけて、ひょいと物干しにひっかけるだけなのに、きょうは違《ちが》っていた。トレーナーを物干し竿《ざお》が貫通《かんつう》して、両腕《りょううで》を開いて磔《はりつけ》にされているみたいな干し方だ。

「だれか洗濯《せんたく》してくれた？」

「朝、多恵子《たえこ》が来てくれたの。おばあちゃんも来たわ。みんな心配してくれて、申《もう》し訳《わけ》なかったわ」

乾《かわ》いた洗濯物を取りこみながら、（ゲ、ぼくのパンツも多恵子さんが）とげんなりした。多恵子さんはいい年をしたおばさんだが、それでも他人にパンツを洗《あら》ってもらうのは、恥《は》ずかしい。

すっかり元気になったママが夕飯のしたくをしていると、白いあごひげがある地区長さんがきた。

ふすまごしに、話を聞いた。

「榊原《さかきばら》さん、リンゴ節を踊《おど》ることになったわ」

「リンゴ節？」

「お蝶《ちょう》さんよりはいいべ。清水《しみず》の次郎長《じろちょう》の奥《おく》さんの。これでも頑張《がんば》ったんだで。息子《むすこ》さんに、女形《おんながた》をさせるのもかわいそうだしな」

いきなりぼくが出て、びびった。しかも女形って。女装するってこと？

秋祭りの夜に行われる演芸《えんげい》大会は、一家から必ずひとりは出演しなくてはならない。うちの場合もふたりのうちひとり、つまりママかぼくのどちらかが出なくてはならない。その出し物を決める席にいない者は、なにを割《わ》りあてられても文句《もんく》はいえない。夕べは『国《くに》定忠治《さだちゅうじ》』という時代劇から配役を決めていった。ヒロインにママをという人がいたが、忙しくて無理だろうと、自分がいった。すると、じゃあ、代わりに息子を……となりかけた。そこを、なんとかリンゴ節にしてもらったと、会長さんは恩着《おんき》せがましい。

「みんな、早ぐなじんでもらいでって思ってんだ。リンゴ節なら、ちょいちょいって家で練習して、二回くらい合わせるだけだし、なんとかなるべ」

「はあ」

「んじゃ」

地区長さんが立ちあがる気配がする。

「あの……、うち、ＤＶＤを観《み》られるテレビじゃなくって……」

ん？　なんだろう。ふすまを開けたい。

「あ、ああ。そうかあ。んだば、ちょっと待ってて」

ばたばたと、げんかんを開けて出ていく。

「なに？」

ふすまを開けると、畳《たたみ》の上に、ＤＶＤと風呂敷包《ふろしきづつ》みがあった。

これで、その踊《おど》りを見ろってことか。うちにはＤＶＤプレーヤーないからな。

会長さんがもどってきた。ＤＶＤプレーヤーをかかえている。

なにがなんでもやらせようってわけだ。

風呂敷の中には紺《こん》の絣《かすり》のモンぺと着物。それに手ぬぐいが入っていた。

映像《えいぞう》は去年の演芸《えんげい》大会のものだった。リンゴ節がどこに入っているのかわからないので、最初から通しで観《み》る。

しょっぱなから、おっさんたち三人が女装《じょそう》して、いつの時代のアイドルだよ、という歌と踊《おど》り。ぼくとママは口をあんぐり開けて、そして爆笑《ばくしょう》。

次が『国定忠治《くにさだちゅうじ》』だ。「赤木の山も今宵限《こよいかぎ》り」なんて、張《は》りぼての松の木をバックに、刀を振《ふ》りあげている。清水《しみず》の次郎長《じろちょう》親分の奥《おく》さんであるお蝶《ちょう》さん、つまりママがあやうくやるはめになってたかもしれない役は、どこかのおばあさんがやっていた。

さすが本場と感心したのは、津軽三味線《つがるじゃみせん》だ。めっちゃ、かっこいい。

そしていよいよ、リンゴ節だ。

調子のいい民謡《みんよう》に合わせて、（手拭《てぬぐ》いでほっかぶりしているので、年はよくわからないがたぶん）おばさんたちが、ほっぺに真っ赤な丸を描いて、踊っている。

「これ、ママ、やるの……？」

「会長さんがいうように、お蝶さんよりは、いいわ……、たぶん」

「うん」

♪春はリンゴの　いと花盛《はなざか》りヨー

（ハア　ドッコイ　ドッコイナ）
いとし乙女《おとめ》のヨーホイ　エ頬《ほお》かむり
（ハア　ドッコイ　ドッコイ　ドッコイナ）

まったく（ハア）だよ。
パパンガパン、と手を打ったりまわったり、と、そんなに難《むずか》しくはない。これなら、運動オンチのママでもなんとかなるだろう。
ママは、二番の歌詞《かし》からまねをして踊《おど》りはじめた。
♪夏は青葉の　緑の林ヨー
みつにあこがれヨーホイ　エ舞《ま》う　蝶々《ちょうちょう》
「腰《こし》が入ってないよ。手をもっと大きくふって」
簡単《かんたん》な踊《おど》りなのに、ママのはへっぴり腰《ごし》でくるりとまわるタイミングがずれる。ぼくは笑いがとまらない。

♪秋はみのりに　もぎ取る若衆《わかしゅ》ヨー
ねじり鉢巻《はちまき》ヨーホイ　エ豆しぼり

（りんご節：成田雲竹作詞）

リンゴ畑は、これからどんどん赤くなるのだろう。リンゴは、きっとおいしいだろう。楽しみだ。

リンゴ節のメロディは、ＤＶＤを見終わった後もずっと耳に残っている。一晩中《ひとばんじゅう》、いやその後もずっとエンドレスだ。

それから一か月。

ママは、ときどき思い出したように、練習している。ときには、「見てばっかりじゃなくって、あんたも踊んなさいよ」と引っぱられ、いっちゃあ悪いが、すぐに覚えた。そんなことをしているからか、学校の行き帰りや授業中《じゅぎょうちゅう》、ふっと頭の中で「リンゴ節」がうなりだすことがあるほどだ。

ほんとうにこの町は、昭和でストップしているよ。

たまにテレビで東京が映《うつ》ると、ここと同じ日本か？　と思ってしまう。ずいぶん遠い地

の果てにきたみたいな気がする。

土曜日のその日、お昼に食べたインスタントラーメンの空容器《からようき》を横に置いたまま、寝《ね》っころがっていた。

だれかが窓《まど》をたたいた。レースのカーテンをよせると、そこには順平《じゅんぺい》の顔。

「どうしたの？　こんな時間に。きょうは塾《じゅく》じゃない……」

網戸《あみど》を開けた。

「塾のない日は来ちゃいけない？」

「いや……」

「ひとり？」

「ああ」

「入れば？」

「誘《さそ》いにきたんだ」

「……」

「祭りだからさ」

「ああ」

例のお祭りが、きょうだ。ママがリンゴ節を踊《おど》るはずだったのは、夜の演芸会《えんげいかい》。「はずだった」というのは、実は先週、ころんで捻挫《ねんざ》をして、さすがに出なくてもよくなったのだ。道路の段差《だんさ》でつまずくなんて、かっこ悪い。救急車《きゅうきゅうしゃ》を呼《よ》びましょうかといわれたのを断《ことわ》って、自分の勤務《きんむ》している医院まで歩いて、着いたときにはぱんぱんにはれあがっていたって。まあ、笑って話せるくらいだったからよかったけど。

けがそのものよりも、リンゴ節を踊れないことが、辛《つら》そうだった。

「なにをいわれてもしかたがないわね」

「けがしたんだから、どうしようもないだろ」

「そうなんだけどね」

「だいたい、いわれるって、なにをさ」

つい、声が大きくなった。

「都会暮《とかいぐ》らしが長いと、弱いとかさ……」

「だって、けがだろ。アクシデントだろ」

人目なんか、気にしなくていいだろ。なにかいわれたって、うしろめたいことがないんだから、いいだろ。

休まずに仕事に出てるんだよ。

「夜には行こうかと思ってたけど……」

ぼくはぼそりとつぶやいた。

「行こうぜ」

カップラーメンの容器《ようき》を捨《す》て、外に出た。

もう肌寒《はださむ》いくらいだ。会場の公園には提灯《ちょうちん》がさがり、若《わか》い人も結構《けっこう》いる。大にぎわいだ。

「大介《だいすけ》たちはどうしてるの？」

「さあ。でものど自慢《じまん》は観《み》にくるんじゃないかな」

「のど自慢？　演芸《えんげい》大会じゃなくて？」

「演芸大会は、夕方から。のど自慢《じまん》は、もうすぐ始まる」

特設《とくせつ》ステージの前では、大勢《おおぜい》の人が、ビニールシートにすわっている。「やっちゃんがんばれ」なんていうたれ幕《まく》を持っている人やお弁当《べんとう》を食べている人もいる。意外なことに、クラスメートの顔ぶれがたくさんあった。

順平《じゅんぺい》は、会場のすみで売っているチョコバナナを買う。「おまえは？」という顔をしてきたので、「買わない」とそっけなくこたえる。

すると「少し食う？」と差しだしてくる。

「いらねえよ！」

ほどこしは、いらない。

空いているところにあぐらをかいた。

ジャン。

シンバルが鳴った。始まったんだ。

張《は》りぼての龍《りゅう》を持った人たちがステージを走りまわる。

「のど自慢《じまん》だろ」

なんで龍なの？

「もともとは、豊作《ほうさく》を感謝《かんしゃ》する祭りなんだ。田んぼができるのは、龍神様《りゅうじんさま》が雨を降《ふ》らせてくれるからって」

「ふうん」

のど自慢《じまん》は、民謡《みんよう》と演歌《えんか》のオンパレードだった。正直いって、民謡は「リンゴ節」で、満腹《まんぷく》だ。クラスの連中、どうしてこんなところに集まっているんだ。そう思っていたら、「おおい」と大介《だいすけ》と有《ゆう》が、公園の入り口に現《あらわ》れた。いよいよ、クラス全員集合だ。となりのクラスのやつや、先生の姿《すがた》まである。

「みんな家族が出てたとか？」

「まあ、見てろ」

「さあ、おまたせをいたしました。最後の出場者、坂下真実《さかしたまみ》さんです」

派手《はで》な蝶《ちょう》ネクタイをした司会者が、叫《さけ》んだ。

坂下真実？

「え？　え、えええ？　坂下って、あの？」

順平《じゅんぺい》がぼくを見てにやっと笑った。だって、あのほとんどしゃべらないあいつが、ここで歌うって？

「坂下！」

先生の声だ。先生だけじゃない。会場全体が、それまでとは違《ちが》う熱気を帯びていた。

坂下はそんな中に、ジーパンにTシャツで堂々《どうどう》と現《あらわ》れ、熱唱しだした。これって、だれの歌だっけ……?　聞いたことあるけど。

♪外に出よう
　空を見よう
　ただそれだけで、笑顔《えがお》になれる

うまい……。

♪スカイハイ　スカイハイ
観客《かんきゃく》から「ハイ」のコール。
花吹雪《はなふぶき》が舞《ま》う。紙テープが飛ぶ。
「歌手になりたいんだって。なるかもね」
順平《じゅんぺい》のやつ、うれしそうだ。町中が応援《おうえん》しているんだ。
当然坂下《さかした》が、優勝《ゆうしょう》。頭をかきながら、大介《だいすけ》が小さな花束《はなたば》を渡《わた》していた。
舞台《ぶたい》から下りた坂下は、みんなにもみくちゃにされた。
いつものように、なにもいわずににこにこしている。

「ほら、もたもたしてると出遅《でおく》れる」

ぼーっとしていると、順平《じゅんぺい》にいわれた。

「なに?」

「餅《もち》まきだ」

のど自慢《じまん》の〆《しめ》は、餅まきだった。舞台に出場者がもう一度勢《せい》ぞろいして、餅をまく。小さなビニール袋《ぶくろ》に入った三センチくらいの丸餅が、舞台から大きく弧《こ》を描《えが》くように飛んでくる。その餅に、会場中が群がるように飛びつく。

ぼくも手を伸《の》ばした。

しかし取ろうとした瞬間《しゅんかん》、それをだれかの手が、横からもぎ取ってゆく。下に落ちた餅を何人もがぶつかるように取りあっている。

すごい勢《いきお》いだ。

「よおーい」

かけ声とともに、さらに餅《もち》が降《ふ》ってくる。

あ……、雪……。

一瞬《いっしゅん》、空から雪が降《ふ》ってきたように見えた。

「わーっ」

しかし、歓声《かんせい》に夢《ゆめ》から覚めたようになる。

その後も何回かに分けて餅が投げられたが、結局ぼくは一個《こ》もキャッチできなかった。

「なさけねえなあ」

順平《じゅんぺい》は、五つも持っている。

「当たりは一つだな」といいながら、餅を二つぼくにくれた。

「あ、サンキュ」

チョコバナナはもらう気にならなかったのに、これは素直《すなお》にもらってしまった。餅といっしょに五十円や五円の硬貨《こうか》が入っているのがあるのだった。それが、「当たり」。そっちは、くれない。

ぼくら小学生ならともかく、大の大人やおばあちゃんたちまでが、必死になっていた。餅や小銭《こぜに》がほしいというより、運だめしみたいなものなのだろう、って、それじゃあぼくは〈ツキがない〉ってことになるが。

気づくと坂下真実《さかしたまみ》が、ステージから下りて、横にいた。

「あ、うまかったね。驚《おどろ》いたよ」

ぼくは素直《すなお》にほめ、坂下《さかした》は「ん、ありがと」と笑った。

あたりは、暮《く》れはじめていた。

町の祭りなので、食べ物が安い。それでもぼくは、「さっきカップラーメン食べたから」と、なにも買わずにいた。

「ひとり、二本だよ」

肉屋の焼き鳥サービスが始まった。これは、もちろんゲット。

このまま演芸《えんげい》大会に突入《とつにゅう》だ。

「あれ、唯志《ただし》くん」

看護師《かんごし》の山下《やました》さんだった。診察《しんさつ》が終わった先生とママもいっしょだった。

白衣を脱《ぬ》いだ先生は、俳優《はいゆう》のようにかっこいい。

「先生って、独身《どくしん》？」

すぐにいなくなった先生のうしろ姿《すがた》を見ながら、ママにきいた。

「残念ながら、ふたりの子持ち。かっこいいべ。独身だったら唯志くんのパパの候補《こうほ》にもなれたんだけどな」

答えたのは、山下さんだ。またすぐそういう話になる……。

「あ、はい」

笑うしかない。ママも笑っていた。ママはそれから、地区の人たちに頭を下げてまわっていた。楽しそうに話している。

演芸《えんげい》大会は、去年と同じ女装《じょそう》のおじさんたちの歌で始まった。今年は六人の女性《じょせい》アイドルグループ、マリンブルーだ。いきなり盛《も》りあがる。

あれ……？　その右端で踊《おど》っているのは……。

「せんせー、すてきー」

山下《やました》さんが、叫《さけ》ぶ。

「あれ……って？」

「うちの先生。昼休み、いっつもＤＶＤ再生《さいせい》して、練習してたのよ」

ミニスカートからごつくて長い足が伸《の》びている。きびきびと踊る先生に、山下さんがまた「キャー」と手を振《ふ》る。「パパ」と手を振っている三歳《さい》くらいの子とベビーカーの赤ちゃんは、きっと先生の子どもたちだ。奥《おく》さんは、にこにことしている。

かっこいいと思っていた先生に幻滅《げんめつ》したかというとそういうわけではない。女装をしていても、ミニスカートから伸《の》びた足ががに股《また》でも、先生はかっこよかった。

少し前までは、坂下真実《さかしたまみ》の歌がまだ耳に残っていたのに……。歌の余韻《よいん》は、演芸《えんげい》大会の迫力《はくりょく》に、完全にふっとんでしまっていた。

ぼくは決意した。

自転車に飛び乗って、家に帰る。ぎりぎり間にあうはずだ。

暗くなった道を、自転車のライトが頼《たよ》りなく照らす。

真っ暗な家に灯《あか》りをつけて、押《お》し入れから衣装《いしょう》を出した。その場で着替《きか》える。

ママの代わりにリンゴ節をやってやろうと思ったんだ。

「あい～、めんけぇ（かわいい）ー！」

ダッシュでもどって舞台裏《ぶたいうら》に着くと、絣《かすり》の着物を着たおばさんたちが一斉《いっせい》に声をあげた。

ほっぺにぐいぐいと口紅《くちべに》で丸を描《か》かれて、着物をちょっと直してもらう。リンゴ娘姿《むすめすがた》の坂下真実もにこにこしていた。

さあ、やるぞ。

♪春はリンゴの　いと花盛《はなざか》りヨー
（ハア　ドッコイ　ドッコイナ）
いとし乙女《おとめ》の　ヨーホイ　エ頬《ほお》かむり
（ハア　ドッコイ　ドッコイ　ドッコイナ）

♪冬は倉いり　お囲《かこい》娘《むすめ》ヨー
（ハア　ドッコイ　ドッコイナ）
花の都へ　ヨーホイ　エお嫁《よめ》入り
（ハア　ドッコイ　ドッコイ　ドッコイナ）

また、雪が降《ふ》るんだろうな。また埋《う》もれそうになるんだろうか。

「いいぞー。唯志《ただし》！」
リンゴ節を踊《おど》っているぼくに聞こえた声援《せいえん》は、順平《じゅんぺい》のものだけではない。舞台《ぶたい》から、おじさんやおばあちゃんの姿《すがた》も見えた。

ママもうれしそうに笑っている。「たあくん」って、叫《さけ》んでいるのは、富岡多恵子《とみおかたえこ》さん。

演芸《えんげい》大会のクライマックスも、また餅《もち》まきだ。

町内の役員の人たちや蝶《ちょう》ネクタイの司会者が舞台から餅を投げる。

雪……みたいだ。

いや、きょうの夕飯だ。

まるで初雪のように降《ふ》ってくるその白いものをつかもうと、ぼくは、思いっきりジャンプした。

おおぎやなぎちか
秋田県生まれ。『しゅるしゅるぱん』（福音館書店）で日本児童文芸家協会新人賞、『オオカミのお札』シリーズ（くもん出版）で日本児童文芸家協会賞受賞。作品に『ぼくたちのだんご山団地』（汐文社）、『木があつまれば、なんになる？』（あかね書房）、『どこどこ山はどこにある』（フレーベル館）、『俳句ステップ！』（佼成出版社）他。日本児童文学者協会・日本児童文芸家協会会員。

くまおり純《じゅん》
京都生まれ。主に小説や児童書の装画を中心に活動している。主な作品に『ペンギン・ハイウェイ』(角川書店)カバーイラスト、『ルヴォワール』シリーズ全４作（講談社）カバーイラスト・挿絵、『ぐるぐるの図書室』（講談社）カバーイラスト・挿絵、『ものだま探偵団』シリーズ（徳間書店）カバーイラスト・挿絵他。

ジャンプして、雪《ゆき》をつかめ！

2020年11月15日　初　版　　　　NDC913 172P 20cm

作　者　おおぎやなぎちか
画　家　くまおり純
発行者　田所　稔
発行所　株式会社新日本出版社
〒151-0051　東京都渋谷区千駄ヶ谷4-25-6
営業03(3423)8402
編集03(3423)9323
info@shinnihon-net.co.jp
www.shinnihon-net.co.jp
振替　00130-0-13681
印　刷　光陽メディア　　製　本　小泉製本

落丁・乱丁がありましたらおとりかえいたします。

ISBN978-4-406-06479-8　C8093　Printed in Japan